私立探検家学園1
はじまりの島で

私立探險家學園1
開始之島

齊藤倫 著
桑原太矩 繪
游若琪 譯

主要登場人物

探險家學園一級學生

間宮流

可倫最要好的朋友。
總是背著一個很大的後背包。

松田可倫

小學五年級，仙貝店的女兒。
今年春天開始進入探險家學園就讀。

瑪麗莎．巴頓

運動能力超強。
具有看穿事物的洞察力。

吉姆．史考特

個性溫和，
同時也很大膽。

泰瑞爾・李

呆呆的，乍看不怎麼可靠，
其實……

尼古拉・波羅

個性開朗，擅長炒熱氣氛。
非常愛打扮。

安莉卡・李文斯頓

俏麗又帥氣，擁有吸引人的魅力。

探險家學園的老師

艾爾哈特老師

負責教體育。
負責的課程很有趣，相當受歡迎。

三浦老師

負責教數學和自然，
個性有點急躁。

1

肯定像是不可思議的生物吧？

如果從天空望下去，電車想必是搖搖晃晃地改變車頭方向，雖然沒有手腳，但確實是往山上爬升。在樹林之間穿梭，若隱若現。

雖然不是首班車，但四月早晨的風一定很涼、很舒服。不過，我此時並沒有開窗，睡得很熟。還是第一次搭電車上學的我，上車之前覺得很興奮。

我五點就起床了，從位於東京都內的家出發，換了兩次車，車程一個半小時。也因為是上課第一天，很早就出門。到站廣播讓我醒了過來，一下車，才發現是座無人車站。據說這裡有內行人才知道的祕湯，所以可以看到年紀大的旅客三三兩兩地下車。

沉浸在朝陽與新鮮空氣的我，等一下竟然得去上學，實在是太荒唐了。這裡雖然不

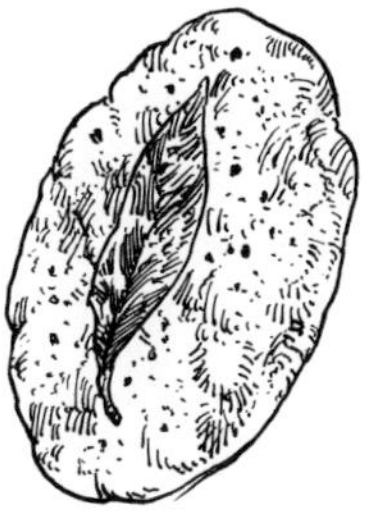

像受歡迎的溫泉勝地那麼熱鬧，但尚未營業的土產店和溫泉饅頭店，一家接著一家並排在車站前的馬路上。我先把書包放在地上，拿出事先畫好的地圖。

學校沒有制服，也沒有規定的書包，於是我拜託媽媽幫我買了後背包。我是松田可倫，剛升上小學五年級。現在，我要去一所有點奇怪的學校就讀。

私立，探險家，學園。

「那是什麼？」

第一次聽到時，我正在試吃新口味的仙貝，碎片從嘴裡掉了出來。

這時的我正在念東京都內的小學，才念完四年級，卻忽然要轉學。

「那是間，培養人們成為，探險家的，學園。」

雖然媽媽這麼說，可是我完全聽不懂。

事情發生在去年冬天。媽媽坐在暖桌裡，正在比較仙貝包裝袋的設計圖。我家是開仙貝店的。

但是，我問的不是學校，而是為什麼非得特地轉學不可？

「妳放心，名義上是轉學，但妳並不是轉學生。」

媽媽說：「妳會是新生。那所學校啊，學制是等同於一般學校的小學五年級到九年級。所以呢，可倫放心，不會讓妳受委屈的。」

「不對，我的重點不是這個。」

我坐在她的對面，從暖桌桌面上往前探出身去。

「一個人能不能成為探險家，是在十一歲到十五歲這段年紀才能決定的。好像是有這種考量，才會從小學五年級開始讀。」

媽媽從排列的五、六種設計圖中，拿起其中一種仔細端詳這道。「這個怎麼樣？感覺很時髦吧？」

相隔好幾年，我們家在今年春天要販售新產品了。有六種口味，還要做組合包裝盒。

「醬油」、「芝麻」、「落花生」是從以前就深受歡迎的商品，新產品應該會是「抹茶橄欖」、「梅子香蒜」、「黑胡椒羅勒」。據說是創業邁入六十年的松田仙貝，賭上公司存亡命運的革新，但我只有滿滿的不安。

順道一提，剛才從我嘴裡噴出來的就是黑胡椒羅勒。怎麼說呢？感覺味覺有種完全閒不下來的感覺。

「很適合全新出發，不是嗎？」

松田的「松」字，變成了直線組合的符號。據說有「各種可能性交錯」的意思。這是隔壁町的設計公司設計的，那家公司的社長是媽媽的青梅竹馬。

「仙貝文藝復興」。

還有一句標語，據說也是社長想出來的。

「妳也要關心我的全新出發啊。」

我說道，然後指了另一款毛筆字的設計圖，「選普通一點的也不錯吧？一看就知道是仙貝店的那種。」

「這樣就沒有改變的感覺了呀！」

媽媽用設計圖的紙搧著臉，「可倫，妳出乎意料地保守耶。」

「會嗎？」

我說道。或許我不明白保守的意義，但配合現在的流行，其實才是保守吧？我是這麼認為的。

「學校的事不是我決定的，是妳外公。」

「外公？」

我好驚訝。進入小學就讀前，因為家庭因素，有兩年左右是外公在養育我。開始懂事後，我就沒有去讀幼兒園，而是被帶到各地的陌生山林裡到處闖蕩。

要進入小學就讀時，我才回到位於東京住宅區的媽媽娘家，也就是這家仙貝店。至於外公，也就是媽媽的父親，一年前就斷了消息。

「妳外公是探險家呀，他想讓妳繼承他的衣缽。」

「我不要。」

我接著說，「他不是探險家，他說他是四處流浪的人，外公的職業就是四處流浪。」

「因為他害羞啦。」

「原來是害羞啊？」

我說道，「到底有什麼好害羞的？」

就這樣，到了四月，我來到這座山間的無人車站。

「應該有座很長的樓梯。」

照我從書包掏出來的媽媽手繪地圖，應該是這樣才對。

我半信半疑地往與鐵路平行的商店街走下去。一邊走一邊窺探著建築物之間的空隙，出乎意料地，在窄巷的前方，有一段連擦身而過都很困難的石階。

照不到陽光，涼颼颼的，長著青苔。踩著石階往上爬，會發出啪嗒、啪嗒的沉重腳步聲。

（真的是這條路嗎？）

我一邊擔心一邊往上爬，爬了五分鐘左右，周圍就完全變成深山了。

「有這種上學路徑嗎？」

我反覆看著像是原子筆胡亂塗鴉般的地圖。從「石階」二字延伸出一條沒什麼把握的線條，彎向右邊後寫著「學園」。

我知道幾乎沒有真正的原始森林，而這裡像是接近天然林的杉樹林，早晨的陽光清新地灑落。樹下長的草，隱約可見踩過的腳印向前延伸，與地圖上歪歪扭扭線條的路線一致，難道就是這條？但是，這條路很快就斷了。

明明是私立學校，卻不用面試。外公在好幾年前就辦好了入學申請，但也只有這樣；即使到了入學的半年前，不但沒有入學簡介，似乎連現代該有的網站也沒有，所能知道的資訊只有外公留下來的電話號碼。媽媽其實很擔心，於是打了那支號碼，對方只告訴我們怎麼從車站走到學校，並要我在四月的這一天前往學校；也不會舉辦開學典禮，所以請家長不要同行。

媽媽趕緊用手邊繳稅通知的信封做筆記，也就是我現在抓在手上的地圖。

（這是唯一的線索。）

線索非常不可靠。我突然在沒有人踏進的深山裡迷路了。

（不過，好像又不是這麼一回事。）

大概是因為我跟外公在山裡生活過，對野外相關的直覺滿強的。這裡看起來不像有學校，卻也不是完全天然的山。要問我是從哪裡看出來的，我也很難解釋清楚，但感覺就是有人在整理，而且不是為了維護，是反過來刻意讓這裡看起來像是無人管理的天然樹林。

（為了不讓別人看到這裡有所學校嗎？）

可是，真的會特地做這種事嗎？這時候，我還不明白這種突兀的感覺是什麼。

「一般應該會掉頭往回走吧？」

總覺得另一頭有東西。但我相信自己的直覺，就這樣筆直穿過樹木之間。

「啊！」

樹林忽然中斷，出現了寬敞的道路。

穿越往左右展延的碎石子路後，對面雖然是樹，卻不是樹林的延續，看得見深處有座又黑又高的圍牆，而且沿著道路無限延伸。既然有圍牆，那某個地方一定有入口。我先是凝視著手上歪歪扭扭的地圖，像是要用念力使地圖浮現什麼似的，開始往右邊走。

當我開始懷疑自己可能搞錯了的時候，無盡延伸的黑色圍牆上，出現了一扇大鐵門。仔細看了看門的柱子，上面並沒有寫「學園」。

（問題是，只有這裡啊……）

堅硬的鐵柵欄門片收納在兩側，大門是敞開的。我在心裡說了聲「打擾了！」一邊觀望四周，一邊悄悄地從角落踏入了校地。

眼前有一棟奇妙的校舍，前提是如果它就是校舍的話。我會這麼說，是因為那看起來就像帶著金屬光澤、近黑色的灰色鐵塊，以學校來說，氣氛實在太沉重了。

「實在很不想這樣講，」

我接著說道，「好像墓碑。」

校地一直延伸到遠處，雖然有樹林擋住視線，沒辦法看到盡頭，但好像有好幾棟同樣的建築物。

窗戶像是貼了一層薄膜般，無法看到室內，而且也不規則地分布在牆上，讓人搞不清楚到底有幾層樓。應該有四層左右吧？

一想到今後的校園生活，第一印象竟然是墓碑，實在太悽慘了。

（好像巧克力蛋糕。）

我重新思考，決定想得正面一點。

（對了，新仙貝的候選口味中，有一個是巧克力醬粗糖。）

我心想，幸好把它淘汰了。

這件事一點也不重要。

而讓我驚訝的不只有校舍。

校舍前，有河川流過。

還發出水流湍急的轟轟聲。

剛剛走山路時，明明沒有感覺到有河川流過，這簡直就像惡夢中的景象。
我改變主意，心想某個地方一定有橋，於是踏進前方的庭園，環視四周。沒有。河川從右邊遠處的寬廣操場流過來，橫過校舍的正前方，消失在左邊建築物的後方。
我東張西望四周觀望，一回頭看到大門柱子那裡站著一個老爺爺，幾乎和柱子融為一體。我嚇得差點跳起來。像青苔一樣的深綠色上衣，和四周融合為一，只有頭上的白髮清晰可見。原本應該是剪裁得很不錯的外套，但上了年紀後身體變得骨感，很多地方都顯得不合身了。他的感覺，很像我的外公。
「請問……」
我向他搭話，他立刻別開眼神！
感覺就像在說「不要跟我講話」，看來他不是警衛？
河川的寬度大約有十幾公尺。稱不上是濁流，應該可以順利渡過，不被沖走吧。不過，水深應該到大腿，不對，以我的身高來說是深及腰部，說什麼我都想避開全身溼漉漉地上第一天課的情況。

雖然學校沒有制服，但媽媽說至少要穿得體面一點，於是幫我訂作了新的外套、襯衫和裙子。我低頭看了看新衣服，全新的鞋子早已沾滿了泥土、草的汁液和花粉。

回過神時，有一個男孩站在我的身後。

「啊！你是新生嗎？」

我一問就後悔了，對方或許是外國人。

「對。」

他回答道。一頭帶著些許咖啡色的黑髮，看起來思慮嚴謹的沉靜雙眼，眉尾有一點下垂，看起來很溫和。他嘴角露出微笑地說：「日文，還不太好。」

果然沒錯，他是留學生吧？

「這裡突然冒出一條河，真的很傷腦筋。不知道要怎麼過？」

我一邊苦笑一邊想要延續話題，接下來發生的事，讓我驚訝得下巴都快掉了。

那個男孩上一秒才脫掉鞋子，緊接著就突然脫下褲子，只剩下四角褲。

「哇啊！」

我發出了怪聲，像舞者轉圈般背過身去。

雖然轉過去了，但我還是側身偷瞄，發現他迅速地將褲腳綁起來，啪沙啪沙地甩動，填入空氣，然後把褲子繞在胸口。

（代替泳圈嗎？）

接著，他把鞋帶綁在一起的鞋子掛在脖子上，手腳俐落得讓我不禁看出神。不對，我沒有看、沒有看。

「Excuse me，我先走了。」

聽到他這麼說，我一回頭就看到他已經渡河到半途。彷彿學校的前院有條河是一件理所當然的事。

我終於明白了。這是考驗，測試我們這群新生。

接著，走進大門的是一個有著褐色皮膚的纖瘦女孩子。淺咖啡色頭髮用彩色髮帶綁得高高的，短褲下露出了修長的雙腿。我認為她也是新生，但悲哀的是，我們看起來不像同年紀。她指著河川對我說了一些話。我聽不懂，好像不是英文，是法文嗎？總之，我向她搖搖頭。

她點點頭，走出了校門。咦？她要回家嗎？沒想到她竟然加上助跑，衝了進來。就這樣在河邊用力一蹬，迅雷不及掩耳地跳了過去。我嚇了一大跳，因為她看起來就像在水面上奔跑似的。她踩了河底較淺的突出處，還有分布在河裡的石頭，三步併二步地踏過去。

最後，她啪嚓一聲降落在河川邊緣。不對，她向我咧嘴露出了牙齒，彷彿在說她降落在水裡，失敗了！接著她揮揮手，往校舍走去。

比起佩服，更多的是不甘心。我只對視力特別有自信，也常常跟外公去河裡玩，卻看不見河底的凹凸和石頭。就算我重新仔細看，混濁的河水還是讓我看不清楚。

（就算看得見，我也沒辦法跳得那麼遠。）

就這樣，第四人、第五人穿過校門走了進來。看到河川，有的人愣住，有的人猶豫，我猜所有人都是新生。有來自各國的小孩，也有少數亞洲人。問題是，就算我想找他們說話，也沒有乍看疑似日本人的小孩。

那群人當中有一個人，深深吸引我的目光。

她用纖細的雙手抱著胸，注視著河川。鼻梁很挺，鼻尖往天空翹。微捲的金髮垂在西裝外套的肩膀上，就像在水面跳舞的光芒一樣。上揚的眉毛非常黑，眼珠帶著綠色，該怎麼說呢？有種會被吸進去的感覺。與其說是人類，更像動畫公仔，讓人不由得凝視她，甚至覺得這樣盯著看有點冒犯。我開始心跳加速，呃——不好意思，她真的是真實存在世上的人嗎？

她發現我直盯著她看，對我投以夢幻的笑容，聳了聳肩。

「等一下！Wait、Wait。」

我上氣不接下氣地說，「這個啊，可能是給新生的考驗，但是，對女孩子來說，太嚴苛了。我先過河到對面去問老師，找工具過來。像是可以代替橋的木板，或是橡皮船之類的。」

不知道說日文能不能溝通，但我不能讓這麼可愛的女孩子弄得滿身泥濘，所以瞬間產生了幹勁。

我看到操場遠處有一座像是倉庫的小屋，便沿著河川往右邊跑。一口氣通過校門側邊後，忽然想到一件事，又倒退回來開口問道。

「欸，老爺爺，你是學校的人嗎？」

老爺爺又別開了眼神。我繞到他眼神別過去的方向注視著他，老爺爺點了點頭。這行為也未免太少女心了吧？

「那間倉庫是工具室嗎？我可以去看看嗎？」

「門，沒有鎖。」

我連忙道謝，雙腳跟著跑了起來。

我沿著河水嘩啦嘩啦流過的河邊往上游跑，心想：

（用什麼方法都可行吧。）

穿過校門後就是河川，彷彿在說著「不給你過」，這一點也不尋常。我不懂太困難的道理，但不禁想著，這肯定是某種訊息吧？「在這裡，無論是誰，再怎麼不尋常都沒關係。」雖然我不知道是來自誰的訊息。

「呼！傷腦筋。」

我喃喃說道，「越來越好玩了。」

我推開拉門，讓眼睛習慣昏暗，同時尋找可用的工具。真不錯，倉庫裡就像商品齊全的生活用品店。

鋸子、柴刀、地板刷、伸縮桿、草繩、還有塑膠繩……我抱起身邊的工具，衝進操場旁的樹林。砍下適合的樹枝，編織腳踏板，用草繩把它綑在兩支地板刷上。因為高度不夠，便把伸縮桿也綁了上去。這是高蹺。因為它很高，於是我先把高蹺靠在樹上立起來，然後爬上去踩好，試著走了幾步。

「行得通。」

我返回校園，對金髮少女微笑，把高蹺噗嚓一聲插進河裡。接觸地面的部分是刷子，非常難走。但也因為是刷子，即使河底很軟，也不會沉下去。

原本很擔心水流，沒想到意外地和緩；我搖搖晃晃地前進，倒也毫髮無傷地順利走到對岸。

「妳等著喔！」

我正要回頭向少女這麼說，眼前的景象讓我愣住了。

長得像西方人和東方人的男孩子，三人成群地啪嗒啪嗒渡河而來。褲管雖然捲了起來，但幾乎溼透了。那三個人就像是玩騎馬打仗時的馬匹，金髮少女則從容不迫地坐在上面搖來晃去。

男孩們上岸後，紳士地把少女放下來。少女露出微笑向他們道謝，三個人絲毫不介意褲子溼到腰部還滴著泥水，心滿意足地走向用玻璃打造的入口。

我明白西方人男孩比較紳士，但全世界的男孩都這樣嗎？光是女孩對他們微笑，每個人就會變得色瞇瞇的。

錯了，性別不是問題。連我都被這個女孩迷倒了。

「妳的平衡感好強喔。」

少女重新看向我，一臉嚴肅地說道，「妳真的很厲害，好像猴子。」

「T、Thank you very much。」

我慌張地說。可倫，妳快點發現啊！對方說的是日文，而且有點瞧不起妳。

「妳剛才說，這條河對女孩子有點嚴苛。」

少女抬起鼻尖說道，「妳這樣子想實在不行，探險家是不分男女的。」

她說得沒錯——

我差點就要點頭了，但是不對吧不對吧！

我心想剛才，妳明明充分利用身為女孩子的魅力來過河的，對吧？

差點就要脫口而出，可是沒有說出口。我發現她不只是外表可愛，還有某種讓人不由得服從的特質。

因此，我畏畏縮縮地改口說：「妳的日文說得真好。」

「我叫安莉卡．李文斯頓。」

少女俯視著我微笑，「請多指教。別看我長這樣，我是在日本長大的。」

我雙手拿著滴水的高蹺，沒有走向入口，心中滿著被擊敗的心情，望著河川好一陣子。

有人從樹林向校舍的室外燈拋去繩索，沿著繩索過河。

（好像忍者。）

也有人拿出筆記本，像是專注計算著什麼。

（他打算發明什麼道具嗎？）

還有一對雙人組，大概是認為河川一定會有寬度較窄的地方，便往上游飛奔而去，就再也沒有回來。

我開始有些心跳加速。大家都好了不起，太佩服了。

不過，最了不起的就是，過河的方式竟然有這麼多種，而且因人而異。

我好想一直看下去。但是，指定的集合時間快到了。好不容易才成功，萬一遲到就太蠢了。我扛著臨時做出來的高蹺，小跑步朝校舍那道看起來不太像入口的大玻璃門跑過去。

2

玄關很狹窄，沒有設置鞋櫃，所以看起來一點也不像學校。剛買的鞋子沾到飛濺上來的泥土，我直接無視，就這樣踏進走廊。四周的地板溼淋淋、滿是泥土。這也難怪，先抵達的學生們的腳印，還有簌褲子上滴落的水滴，把原本理應打掃得乾乾淨淨的木板地弄得亂七八糟。

「松田可倫同學。」

有人從後面叫住我。

「是！」

一回頭，走廊窗戶射進一道光，正好沒有照到的暗處，站著一個女人。

「我是艾爾哈特老師。」

「是。」

我馬上立正：「老師好。」

「各拿一個。」

她像嘆氣似地小聲說道，然後啪嚓打開了捧在胸口的銀色盒子。裡面排放著很像精密機器的東西。

我想探頭過去看。

「哇！」

雙手抱著的高蹺卡到走廊的邊緣，差點掉下去。老師迅速接住了。

「妳做得很好。不過，已經不需要了吧？」

她露出微笑說道。

精密機器有兩種。一種很像切割成圓形的烤海苔，另一種很像小小的菊石，看起來像螺。應該有一半已經發給學生了，盒子裡的海綿內襯剩下很多空洞。

每個空洞都貼著標籤，其中一個標籤上寫著我的名字。

Colon Matsuda。

「把它放在手腕上。」

我捏起很像海苔的黑色薄片後，老師這麼說。仔細一看，好像是液晶顯示器，背面有一根凸起的銀針。簡直就像大圖釘一樣。

「這個，放上去沒關係嗎？」

「不會痛的。」

艾爾哈特老師這麼說。口氣聽起來很溫柔，卻無法令人忤逆。

我戰戰兢兢地放在手腕上，尖尖的地方就像麥芽糖一樣變得軟趴趴的，看起來就像被皮膚吸了進去一樣。

「哇！」

就這樣，黑色薄片冰涼涼地緊緊貼覆在手腕上。圓形的左右兩邊將手腕側邊捲住，黑色平面閃爍著紅色、藍色、黃色、綠色……接著就顯示出時間。配合手腕的動作，畫面會扭來扭去，但卻看得很清楚。

「這樣就算認證完畢了。這是松田同學專用的，別人配戴也不會啟動，嚴禁學生之間互相借用。不能帶出校外，放學後會回收。」

老師流暢地說明，「然後是耳朵。松田同學，這是——」

這個東西兩個一組，我捏了起來。

「長得好像螺。」

我這麼說。

「答對了。」

艾爾哈特老師接著說，「它叫作史奈爾，意思是『螺』，是小型翻譯機。」

仔細一看，捲起的中心有一個洞。把它塞進耳朵，就像寄居蟹進入貝殼一樣滑了進去，讓我抖了一下。

「這個也是配戴後就會啟動。習慣之後，可以選自己的慣用耳，只戴單邊也沒問題。」
「戴上後能聽得懂英文嗎？」
「任何語言都可以。」
老師這麼說道。雖然暗暗的很難看清楚，但她穿的外套裡面，是貼身的緊身衣。不對，是運動服嗎？橘色混深褐色的頭髮非常蓬鬆，就像芍藥花一樣。
「前面的樓梯往上，在二樓走廊左轉，盡頭就是禮堂。所有新生都在那裡集合。」
「謝謝老師。」
後來才渡河的學生們已經陸續來到了入口。我敬了禮，邁開腳步。不用老師告訴我，數不清的泥腳印已經幫我帶了路。
一拉開沉重的禮堂大門，就看到像樓梯般朝下排列的長桌，最前方有黑板。座位沒有坐滿，學生零零落落地坐著。正當我猶豫著該坐哪裡時，幾個人從後面走來，時間到了。
「恭喜各位入學！」

隨著滴鈴一聲短促鈴聲走進來的老師，還沒有走到講台就說話了，真是急性子。「我叫三浦。」

他說的是英文，但變成日文傳進我耳裡。這「螺」真的好厲害，立刻就讓我驚奇萬分。所有人都到齊了嗎？我環顧四周，大概是因為禮堂太大了，裡面的人稀稀落落的，而且有一半的人衣服都溼透了。這所學校到底是怎麼回事？三浦老師先用英文講話，切換語言後繼續說道：

「呃——從現在開始，我要用日文說話，所以如果沒有啟動『螺』，也就是『史奈爾』，請先摘下後再重新戴上。艾爾哈特老師應該幫各位調整過了，會翻譯成各位平常說的語言。今年的一年級有二十五名學生，比往年多一點吧？」

「這是入學典禮嗎？其他年級的學生呢？」

坐在前面一排的男孩子舉手說道。因為他說的是英文，正確來說應該是從我耳朵裡的「螺」說出來的。

「這是個好問題。在這所學園，不會跟其他級的學生交流。」

（什麼？永遠見不到學長姐和學弟妹？不只是今天，而是一直碰不到面嗎？）

三浦老師的話，讓禮堂變得有點吵雜。老師的眼睛很大，而且雙眼皮很寬，分不出來是眼力很好還是朦朧。頭髮蓬鬆又茂密，動來動去卻完全不會亂掉，實在很不可思議。

「為什麼呢？」

這個發問來自靠走廊的位置。啊！是那個跳躍過河的女生！

「這也是個好問題。各位同學，探險家的敵人是什麼呢？」

三浦老師做出戲劇化的動作，展開雙臂，雙眼由下往上環視著我們。

接著，他緩緩張嘴。

「就是『先例』。」

三浦老師眼神銳利地開始說道。

「也就是『先入為主』的觀念。假如你們身邊有學長姐，就會不知不覺地仿效他們。相反地，如果有學弟妹，就會無意間教他們很多事。優異的作法、不失敗的訣竅、以前的人想出的方法……如果這些一直持續下去，校風就會被定型。這所學校的學生非怎樣不可，就只能這樣……」

三浦老師接著說：「那麼，『探險家精神』便會死去。」

原來如此，我覺得很佩服，同時也擔憂了起來。這裡是認真要培養探險家的地方。不對，這裡是探險家學園，當然非這麼做不可……

「探險家有三個原則，請各位務必記住。」

老師用「粉筆」在「黑板」上寫下。雖然長得很像黑板，但好像是大型液晶螢幕，像粉筆的銀色棒子滑過去，就會出現老師的字。我們坐著的長桌上，每個人前面都有一個小螢幕，老師寫的字也會同步出現在小螢幕上。

私立探險家學園校訓

第一條，探險家要相信新境界。

第二條，探險家不是冒險家。
第三條，探險家要視未知為盟友。

「請各位同學務必記住。校訓所代表的意義，你們今後應該會慢慢理解的！也可以從各位的腕針把校訓叫出來。」

原來這片像烤海苔的東西叫作「腕針」啊？「老師。」我邊想著，同時舉起了手。

「不想成為探險家的人，該怎麼辦才好？」

所有人都看著我，開始議論紛紛。

「不是啦。」

我說著，還冒出冷汗，「呃——我只是想，說不定啊，我們其中會有這種人。」

「松田可倫。」

我好驚訝，三浦老師居然知道我的名字。「『探險家』能做的事，比妳想像的多很多。妳放心，只要認真學習，接下來的五年，一定會對妳有幫助。」

雖然我還搞不太懂，但是還是點頭了。

因為，當看到校舍前那條湍急的河流時，一邊想著這是什麼啊，同時也感到興奮不已。雖然搞不清楚狀況，不對，就是因為搞不清楚狀況，才會想試試看。

我心想視未知為盟友，就是這個意思吧？

「今天呢，等一下別的老師會帶各位參觀校內設施。從明天開始，會開始上國語、數學、自然和社會這些一般課程。有沒有什麼問題？」

「有。」

有人舉手了。是一個短髮男孩，說的是聽不懂的外國語言。「過那條河的正確方式，到底是什麼？」

三浦老師沒有稱讚這是個好問題，他像火男（註：日本傳統面具，造型古怪滑稽。）的面具一樣噘起嘴。雙眼皮的部分變寬了，雙眼瞇了起來。

「呵呵呵！」

不會吧？難道這就是三浦老師的笑容？

「沒有正確答案，任何方式都可以。」

「呃？」

禮堂又變得喧喧嚷嚷。「可是，應該有標準答案吧？」

「沒有，甚至不過河也可以。」

「什麼？」

「看到那條河，仔細思考，或許有人會察覺到，那裡平常應該不可能有河。如果有，你們想想看，學生和老師們每天要怎麼上學？」

我們鴉雀無聲，等待著老師繼續說下去。三浦老師的嘴變得越來越翹。

「這條河平常根本不存在。只要察覺這一點，就乾脆回家。或許隔天就河就不見了。」

「要是回去了，不就會喪失入學資格嗎？」

有人這麼說。

「怎麼會！」

三浦老師提高音量，「斟酌時機，是探險家相當重要的能力喔！各位今後也會一步步學習。勇氣、智慧、體力和技術，歷史上擁有這一切卻誤判時機，導致失去所有的探險家，不知道有多少人。」

三浦老師高舉雙手接著說道。

「會有合格和喪失資格，是因為有某個人訂下了基準。在這裡，沒有那種東西，今後是沒有正確答案的世界。」

「老師。」

有人開口了，聲音帶著一點驚嚇。禮堂後方的牆壁上有窗戶，從那裡可以看到一點點前院。「河是不是不見了……」

「啊，已經填平了啊？」

老師又嘟起了嘴，「那是為了你們這群新生所打造的特別活動。」

填平了？我們伸長脖子，窺探窗外。我不由得想揉揉眼睛。隱約可以看到曾經是河川的痕跡，但現在已經變成了乾乾淨淨的普通校園。
老師說填平了？那條河是挖了溝，然後引水過來的嗎？
（怎麼可能？）
只為了給新生考驗？然後，在進行說明會的期間，已經恢復原狀了？只為了一個多小時的活動，耗費了多少勞力和金錢啊？不對，重點是，這種事真的辦得到嗎？
正好在這時候，我隔著樹木看到有幾輛拖車和卡車，排成一列從校門外的碎石子路開走了。
這就是所謂的探險家學園嗎？
「啊，正確來說，其實還沒有恢復原狀。」
三浦老師對驚訝到說不出話的我們這麼說，「有些地方去除了石板和草皮，日後會完美無缺地搬回來……」
「太誇張了吧？」
我頭暈目眩，喃喃說道。我還是搞不太懂這所學校。

3

艾爾哈特老師來禮堂接我們移動到「教室」。由於每個學年只有一班，教室也只有一個。剩下的就是各個科目的房間。

剛才的禮堂也是，相較於外面的陰森，學園內用的都是明亮色調的漂亮木板。走廊、並排的房間都亮晶晶的，看起來非常舒服，讓我頓時覺得來這裡上學也不錯。

我們跟在老師後面走。一離開禮堂，一個戴眼鏡的女孩子就不斷偷瞄我，從人影之間看得到她的馬尾。每次看到她，她跟我的距離就近了一點；等到我發現時，她已經出現在我的身邊。

「哇！」

我這麼說。

「哇！」
她也跟著說。
「妳、妳好。」
我趕緊打招呼。
「請問，」
她用非常想知道答案的口吻說道，「妳不想當探險家嗎？」
「不是不是。」
我答道，「怎麼說呢？在我有這個想法前，外公就幫我決定要念這所學校了。」
「哇——！就像偶像試鏡那樣嗎？」
她瞪大了雙眼，「我叫間宮流。」
「當探險家有那麼好嗎？」
我問道，「我叫松田可倫。」
「這個剛才聽過了。大家都是非常拚命，努力了好幾年才進入這裡的。」

間宮很快地說道。

「原來是這樣……」

我的聲音變小了。我真的不知道，感覺有些不好受。

「不過，老實說，我也是由爸媽決定的。」

間宮隔著眼鏡垂下了雙眼，「其實，我根本不適合當探險家。我原本打算升上五年級後，就加入園藝社或是手工藝社。」

我好同情她。不過，這麼消極的人，怎麼有辦法入學？是說，其實我也不想轉學。

（混在這群人當中，而且還沒經過考試什麼的，為什麼我可以入學……？）

「間宮同學，那順便問妳，妳是怎麼過河的？」

我轉換話題問道。

「呃？」

間宮說道，「很普通地過啊。」

「普通？可是妳都沒弄溼。」

「我穿了垃圾袋過河。」

「垃圾袋？」

答案實在太意外了。雖然普通到不行，但或許是最棒的。

「嗯，一般都會帶在身上吧？」

「我才沒有帶。」

我這麼說。

「我有喔！我常常被別人笑很像老婆婆，如果妳有需要，可以跟我說。」

間宮流把她的橘色後背包給我看，「我什麼都有帶，大多數的狀況都可以應付。」好厲害，我太佩服了。外公常常告訴我，碰到意外狀況，就要用手邊現有的東西設法解決。他說這其實是很出色的一種能力。

「嗨！」

有個傢伙從後面同時拍了我跟間宮的肩膀，「妳們已經變成朋友啦？我叫尼古拉．

波羅。」

「你很厚臉皮喔！」

我揮開了他的手。

「抱歉抱歉。」

他是一個有著刺蝟般褐色短髮的男孩子。螺沒有反應，說得一口流利的日文。有一點捲舌，有一種拉丁血統油腔滑調的感覺。「妳們在聊什麼？」

「我們在說今天早上是怎麼過河的。」

間宮好像不怎麼排斥他，注視著那個叫尼古拉的男生。真糟糕，未免太沒有戒心了。

「過河？怎麼可以，衣服會弄髒的。」

尼古拉說道。的確，他的外套和褲子都很時尚，而且看起來很貴。尤其是皮鞋，是兩種皮革組合縫製而成的，看起來根本不像童鞋，款式非常講究。

「可是，那你是怎麼過來的？」

「校門旁邊不是有一個老爺爺嗎？」

尼古拉這麼說，「我心想，遲早那個人也要進校舍，雖然不知道他是用什麼方法。」

「啊——」我說道。

「所以我就躲在校門旁的樹蔭。我以為所有新生進去之後，他會架移動式的橋之類的。結果，河水就像關上水龍頭一樣停了下來，我超驚訝。為了防止鞋子弄髒，我是踮著用腳尖走河底過來的。」

「可是，」

我說，「你遲到了不是嗎？」

「我後來偷偷溜進禮堂裡。」

尼古拉聳聳肩笑道，「不過，那又如何？衣服和遲到，妳說誰比較重要？」

原來如此，真是敗給他了。

「不可以去那邊喔。」

艾爾哈特老師走到一半停下腳步，指著走廊前方。黑色鐵門緊閉著。「那裡通往二級生的校舍。」

二級生，換句話說，就是一般學校的六年級。

「有上鎖嗎？」

有個人問道。

「沒有。但是，除非有重要的事，否則禁止過去那裡。」

艾爾哈特老師這麼說，「而且，你們絕對不會有事必須過去。」

我們鴉雀無聲地在走廊上走著。教室裡沒有個人課桌椅，只有四張像小島一樣的大桌子。

我們沒有坐下就離開了教室，真的只是參觀；音樂教室、自然教室、視聽室、名為數位空間的房間等等，一間接著一間看著。更衣室、淋浴間，甚至其他房間都可以自由使用。還有好幾個大大小小的空房間。好像沒有職員室，但老師們有各自的房間……

既然學年之間無法互通，表示每一個學年的校舍，都有自然教室、音樂教室之類的空間吧？

（共用就好了吧？真浪費。）

我環視四周，沒有人露出疑惑的表情。只有我一個人是平民嗎？

就這樣，結束了參觀行程。這一天中午就解散了，所有新生連自我介紹都沒有。

「我回來了。」

一直以來，我都是從家裡的後門進去，但這天我瞄了一下店面，剛好沒有客人，我便打了聲招呼從前門走了進去。

「回來啦！結果如何？」

原本是工作模式的媽媽，從玻璃櫃的另一頭露出微笑。立領的白襯衫、黑色圍裙。幾年前重新裝潢過後，室內就變成了清爽的白牆。借用媽媽的話來形容就是「摩登」。外婆還在的時候，是那種彷彿用醬油熬煮過後的傳統仙貝店，不過我倒是很喜歡。

「不知道。」

我這麼說，頓時覺得後背包變得好重。

「午飯呢？」

「我買了麵包，在電車上吃了。總之，累死了。」

說完這句話，我就直接走向二樓自己的房間，立刻倒在床上。直到媽媽來叫我吃晚飯，才醒過來。

一下樓，外送壽司就在客廳等著我。是鎮上波留壽司店的壽司。我們兩個人異口同聲說了聲「開動了」。沒有爸爸，外公失蹤，外婆在幾年前也過世了。現在松田家的全家福，就像這個感覺。我們家有兩位仙貝師傅，一位是住吉先生，從外婆年輕時就在了。另一位是叫作美也子阿姨的女性，同時也兼任店員。這就是創業六十年的老店，松田仙貝店的全貌。

「啊！難道這是慶祝我入學嗎？」

我恍然大悟，就在我已經吃掉蒸蝦壽司、鮪魚壽司和扇貝壽司之後。

「現在？」

媽媽一臉不意外的模樣，「真有妳的風格。」

「什麼意思？」

我問道。

「跟妳外公一模一樣。」

媽媽接著說，「我行我素的。」

「怎麼會？很少有像我這麼貼心的小學五年級生啦。」

我大感意外地說道，並把捏起的醃蘿丟進嘴裡。

「喔。」

媽媽似乎也對這件事感到意外。果然母女連心。

接著我說了今天發生的各種事情。像是山裡的校舍非常神祕，有各種國籍的同學等等，都讓我很驚訝。而且完全沒有提到媽媽畫的地圖有沒有派上用場，看吧，我很貼心！還說了探險家的三個原則。

第一條，探險家要怎樣怎樣。
第二條，不是什麼的。
第三條，要什麼的。

「好像是這樣。」

說完後，我發現自己竟然一條也沒有記住，太可怕了。放學時，艾爾哈特老師回收了腕針，現在也沒辦法查。

我沒有提一開始就要我們過河的事，因為怕媽媽擔心。這也是我的貼心。

「為什麼？」

我凝視著捏起來的鮭魚卵軍艦壽司自問。仔細想想，那棟森嚴的黑鐵校舍也很像軍艦，只不過上面沒有鮭魚卵。「外公為什麼想讓我進ＰＥＳ？」

「ＰＥＳ？」

「學校的簡稱是Ｐ・Ｅ・Ｓ。Private Explorer School什麼的。」

「喔！妳只去了一天，就學會英文啦！」

「別這樣。」

我把軍艦壽司塞進嘴裡說道。說是這麼說，但我自己也有那麼一點感覺。因為是小孩子，所以吸收得快吧？我們就像被放在軍艦壽司上的鮭魚卵。一想到這裡，雖然事情都走到這個階段，但前往陌生地方的不安感也不由得產生。而且同伴的數量，比二十五粒的波留壽司還要少很多很多。

「外公他啊，其實不願意把可倫送回家。」

媽媽就像注視星空似的，盯著速食湯看，麵麩彷彿是土星環。「記得是妳五歲的秋天吧？他說他想扶養妳長大。」

「什麼——」

我完全不知道。當時我跟外公住在山裡，過著非常美滿的生活。某一天，說要準備上學，就被送回到這家仙貝店。原來我很有可能就那樣留在山裡生活啊……

「我想讓妳念小學，應該說非讓妳去不可，所以我打電話叫外公把妳還給我。結果他說要給妳特別的教育什麼的，我罵他不要胡說八道！」

媽媽似乎是想起了當時的憤怒，感覺光用雙眼就可以煮沸她手裡的湯。

「外公心不甘情不願地答應了，但他有條件。就是等妳升上五年級，就要轉學到某一所學校，還說是妳很有天份。那所學校就是探險家學園。」

「所以妳答應了？」

「才沒有！」

媽媽笑了：「我反問他，那是什麼可疑的學校？妙的是，無論我怎麼調查，都查不到學校的資訊。據妳外公說，有很多校友都是了不起的人。」

媽媽舉了研究者、發明家、公司老闆的名字。其中不乏連我也知道的知名大企業。三浦老師說的就是這件事吧？「探險家」能做的事，比我想像的多很多。

「而且，不用付註冊費和學費。」

媽媽眼神銳利地抬起臉，看也不看一眼就把鐵火捲丟進嘴裡。「我越聽越詭異。」

「但是，妳被吸引了？」

「對啊。入學手續也全部交給外公處理，我只能相信他。」

媽媽咬了從壽司飯凸出來的鯡魚卵邊邊，又放回壽司盆。「不過，我心裡很清楚，外公不可能做出對妳沒有幫助的事。因為他很溺愛妳。」

「逆愛？反過來的愛？」

「不『速』啦。」

臉頰被鯡魚卵塞滿的媽媽笑了。

我不記得他曾經溺愛過我。我們過的生活就像生存遊戲一樣，也常常遇到生命危險。

「原來是這麼一回事啊。」

我說道。探險家學園的事，我是在去年冬天才聽說的；原來在我進小學的時候，就已經決定要讓我轉學了。我有很要好的朋友，也不想轉學，但原來已經都事先談好條件了。

我看著媽媽吃掉最後的蒸蝦壽司，總覺得有點莫名其妙。

坦白說，突然要我轉學的時候，我非常生氣，在房間偷偷揍枕頭，咒罵外公是大笨蛋，怒火中燒，覺得他為什麼要這樣欺負孫女？媽媽說，如果真的不願意可以老實說。但是，我煩惱了幾天後，心情卻很不可思議地舒暢了。這表示我的心裡還是相信著外公。

就是他溺愛我這件事。

蒸蝦壽司，我總是一開始就先吃，媽媽總是最後才吃。因為我們都最喜歡蒸蝦壽司。

就算做著看起來是相反的行為，理由也可能是一樣的。

4

轉眼間就過了三個月，時間來到七月。平地已經很熱了，但位於山裡的校舍，仍然非常涼爽。暑假開始後，說不定我會想念學校。松田仙貝店的店面雖然變時髦了，卻是冷氣吹不涼的日式房屋。

一開始因為學生來自世界各國，讓我有點害怕；但多虧了螺，幾乎沒有語言隔閡。為了進入位於日本的PES，也有很多人事先學了日文再來。法國和西班牙的同學，也用不流利的英語說話，所以我也把螺關掉，設法用單字溝通。由於很多國家的新學期都不是四月，大家都在奇怪的時期轉學進來。我認為自己算幸運多了。

老師們也來自各個地方，上課用英文或日文，或是混用。如果老師一開始用日文，我就會很開心。

但是，其他國家的同學卻說：

「今天是日文！」

他們非常高興，說可以藉此學習，還把螺摘下來。發現這一點之後，我也會產生「什麼嘛！三浦老師也可以用一下英文上課嘛！」的想法。

如果那一堂課的內容已經會了，自認為自習就好，也可以選擇跳過不上。我覺得很不可思議，於是問道：

「為什麼大家不稍微偷懶一下呢？明明不用上也沒關係啊。」

如果是我，我就不會來上課。

「可是，可倫還是來啦。」

吉姆．史考特笑著說道，就是那個只穿一條褲子過河的男孩子。初次見面的印象太強烈了，但聊過之後會發現這個人的性格其實完全相反，是個性非常溫和，頭腦清楚，沉著得不像同年紀的孩子。很快地，我開始會找他商量許多事。

「啊——是沒錯。」

我不敢說是因為大家都有來，總覺得很丟臉。

「只要說得出理由，缺席也沒關係。這所學校都讓學生自己做決定。」

吉姆・史考特這麼說。大概以為我在逞強吧？他形狀漂亮的眉毛有點扭曲。

「理由嗎？」

只是因為沒有缺席的理由，才會出席嗎？總覺得我好悲哀啊。

一般來說，應該會回答考試時會很慘吧？但是，這個理由也不成立。因為這所學校沒有考試。

只不過，有時候老師會出題目，上半堂課要解答，不會打分數。下半堂課要分成四、五人的小組，彼此公布自己的答案。順利解答的人要報告自己是怎麼解開的，解不開的人要報告自己為什麼不會解。

我用數學解釋了解不開的問題。

「原來如此。」

這時候，史考特說：「我學到了。解不開的人，原來是這麼想的啊。」

我覺得自己被嘲笑了，制止他說這種話：
「我是認真的。」
史考特有些訝異地說道，「因為讓人很興奮呀！解答或許只有一、兩個方法，但是解不開的原因一定是無限的。」
這意想不到的回答，讓我不由得感動了起來。
後來，我變得很喜歡上課，因為我找到了出席的理由。
我想要解開問題。
或許有一天，我會發現絕對無法解開的問題。

「要開始囉，阿尼莫們！」
艾爾哈特老師的聲音傳了過來，體育課要開始了。我們分散開來，趴在體育館冰涼的地面上。然後將背弓起，手臂盡可能往前伸，維持二十五秒；接著反過來拉伸起背，維持二十五秒。這兩個動作各做三次。因為沒有規定的體育服，每個人都穿著不同的運動服或短褲上課。

「阿尼莫」就是「Animal」。不知道為什麼，老師都這樣稱呼我們。據說現在這個動作是貓狗真實行動前會做的動作。艾爾哈特老師總是說，只要每天早上起床後持續做這個動作，即使我們到了一百歲，也能引發奇蹟。平常那頭像芍藥花般蓬鬆的頭髮，在頭後方綁成一束，彷彿野獸的尾巴彈跳著。

一開始，我以為老師會教我們探險相關的事，像是繩索的綁法、生火的方法等等，可是完全沒有。

話雖如此，我們也沒有玩躲避球之類的運動，有時候做完柔軟操就結束了，但是我們卻很投入。老師會根據身體的構造，逐一解釋每個動作的意義。像是橫膈膜、淋巴結，雖然很難，但是很有趣。這竟然是體育課，一開始我很驚訝。

這一天，我們躺在地墊上，盡可能放鬆力氣，只是優閒地躺著。

「好，躺下。」

艾爾哈特老師雙手手掌拍了一下。

「哪裡開始先動了？」

「脖子？」有人躺著回答道。

「好，脖子是吧。下一個呢？」

是肩膀。

「沒錯。然後是脊椎骨，接著是腰。再起來一次，好，躺下去。從脖子的骨頭、脊椎骨、骨盤、然後是腿、腳踝、直到腳跟。動作會像這樣延伸下去，有嗎？」

就像這樣。

只是懶洋洋地躺在地墊上。既沒有跑步，也沒有跳躍，卻會全身發汗。關節和肌肉好像被分解了，有時候甚至爬不起來。

「我稱這是內言、外言和體言。」

艾爾哈特老師這麼說，「內言是你們在頭腦裡想的事，外言是說話、聆聽的話語，體言是身體發出的聲音。」

跟旁邊的人背靠背，其中一人全身無力地靠在另一人身上，被倚靠的那個人則是精疲力盡地逐漸癱軟。

「聆聽身體的聲音。」

艾爾哈特老師拍了拍手掌，「何謂運動？我認為就是聆聽身體的聲音。」

我聆聽了身體的聲音。身體說倚靠在別人身上時，它很害怕。後來對方支撐了它，它就鬆了一口氣。接著，兩人一起癱軟的時候，就像小河的潺潺水聲，身體開心地笑了。

好奇妙。

「阿尼莫們！」

艾爾哈特老師說道：「體言是跟內言和外言不同的語言，是人類的語言。只要能明白身體的語言，就能明白動物的語言。」

上體育可以懂得動物的語言。

多麼奇特有趣啊！

有很多同學不管發生什麼事，都不會缺席艾爾哈特老師的課。她還會教我們如何使用身體，還有受傷時的處理方式。這些全部都是有關連的。我發現，原來體育就是一

門為了活下去的知識。

順道一提，其他科目也跟過去的學校截然不同。

國語課混合了日文和英文，因為稱不上是國語，所以稱它是「語言學」；但真要說的話，比較接近「言語課」。會英文的同學、會日文的同學、英日文都會的同學，都不會的同學，一起學習言語相關的所有事情。可以使用螺，也可以關掉它。

利茲老師把金髮剃成平頭，像熊一樣圓滾滾的。

這個長得很像熊的人，以沉靜迷人的聲音，用英文和日文朗讀了《愛麗絲夢遊仙境》、宮澤賢治的《要求特別多的餐廳》。

「該怎麼辦才好啊？」

一開始，我感到很困惑，利用下課時間，與變得很要好的間宮流偷偷討論。小流也不太擅長英文。

「可是啊，」

小流說道，「我很喜歡宮澤賢治，我覺得比用日文看的時候更聽得懂耶。」

「這麼說來，好像是耶。」

與其說是更聽得懂，其實是理解的方式不一樣。大概是因為用兩種語言上課，故事聽起來零零落落的。同學們隨意圍著大桌子坐，七嘴八舌地發表意見。比方說愛麗絲掉下去的洞穴，故事的結局雖然說是一場夢，但或許在英國是真人真事。還有在餐廳落入陷阱的獵人們，有沒有扭轉情勢的脫逃方法等等。

「老師，這樣算是上課嗎？」

某次，威爾．盧卡斯說出了我心裡想說的話。他個子很小，乍看很文靜，其實很敢發言。

「很無聊嗎？」

利茲老師笑了，眼睛和嘴巴變成了三個括弧。

「不會，很有趣。」

盧卡斯說道，「因為我覺得太好玩了。」

這次老師笑出聲來，「我們上的是語言學的課程沒錯啊。思考和討論，所有使用言語的事都算。」

「可是，我覺得好像沒有往終點前進。」

盧卡斯反駁道。我只是不斷眨眼睛，覺得他好敢問啊。

「終點嗎？」

利茲老師越笑越開心。

「這件事很重要，對探險家尤其重要。但是，在我的課堂上，不符合我所期待的終點，或許才是真正的終點。」

老師這麼說。

還有，每個人的母語書籍也非常重要，老師交代大家每星期一定要讀一本。

一級生校舍的圖書室，也有大量各種語言的書籍。雖然書籍的主要內容是配合年級，但校內某處有圖書館的本館，如果有其他想看的書，可以用上課用的平板電腦，或是腕針提出申請。非紙本的書也很多，會直接傳送到平板電腦。

每看一本就要寫名為「Letter」的東西。這件事說來話長，有機會再講。

順道一提，我們沒有規定的課本，每次上課時，老師製作的講義就會傳到平板電腦。

我想，找遍全世界，應該都找不到適合PES的課本吧？

馬希．布拉斯老師教的是音樂。外貌看起來像阿拉伯人，但我搞不清楚他是哪一國人。音樂教室有許多樂器，很多樂器我從來沒看過也沒聽過。上課時並不是直接演奏樂器，而是一邊聽老師解釋這種樂器誕生於何處、用什麼原理發出聲音，然後大家嘗試彈奏。

我們也會唱歌。葛利果聖歌，據說是歐洲古老的讚美歌。我們練習了兩星期，學會歌曲後就分成幾組，變成合唱。

馬希．布拉斯老師原本坐在椅子上聆聽，忽然全身顫抖，站起來大叫：

「啊啊！你們知道嗎？你們現在見證了音樂進化的瞬間啊！」

老師，你還好嗎？我不知道該怎麼反應。

「你們不覺得很興奮嗎？」

先不管會不會興奮，馬希．布拉斯老師一邊顫抖一邊開始說故事。

所謂的「葛利果聖歌」長久以來都只有一種旋律，也就是大家唱的都是同一種旋律。經過漫長的演變，才逐漸分成低音和高音，再加上不同的歌詞，誕生了合唱這種唱法。

「就這樣，慢慢細膩且複雜地進化，於是就出現了記錄的需求。沒錯，就是大家也很熟悉的『樂譜』開始發展了。」

原來如此。

歌和曲光用記憶或傳唱，還是有極限的。若沒有樂譜，使用大量樂器的管弦樂團肯定沒辦法作曲。樂譜就像設計圖或地圖一樣。

「多虧了『樂譜』，西洋音樂越來越進步，但是不僅如此。」

老師的聲音也變得像歌劇一樣，充滿著感情。「『樂譜』是音樂的交通工具，也就是大航海時代的加利恩帆船（Galeón）。音樂搭乘著樂譜，展開旅程。遠渡重洋到遙遠的國家，被另一個新的人閱讀，然後演奏！」

老師像在高歌似地舉起雙手，「就這樣，西洋的一種音樂，變成了世界性古典樂，發展得浩瀚又偉大。」

在一片寂靜中，老師畢恭畢敬地敬禮。

「是不是應該要說 Bravo 啊？」

坐在我旁邊的史考特小聲說道，讓我差點笑出來。但是，我的心跳得好快。換言之，這也是廣義的「探險」吧！

要說最具有 PES 風格的，就是社會課了吧？

「我年輕的時候，大家都說我長得像嚕嚕米裡面的小不點。」

克拉拉老師在自我介紹時這麼說。她將銀色頭髮盤成丸子頭，要說像也是很像，但她個子很高，總是穿著很像大衣的長外套，非常帥氣。感覺並沒有很像小不點。

「大家知道嗎？人類的祖先，有人說是距今十萬年前，也有人說是五萬年前，是從非洲出發的。然後，經過漫長的旅途，最後從歐洲到亞洲，遍及歐亞大陸的每一個角落。

人類本身簡直就像一人探險隊，對吧？」

四月最初的社會課，一開始就像這樣。

「然後，在冰河期海面下降的時候，走路橫越大陸；有海的時候就搭船渡海，前往美國、東南亞、澳洲、然後來到日本。要說人類是『會探險的動物』也不為過。」

我聽說過古希臘和羅馬，但克拉拉老師在上希臘文明的時候，卻把希臘人拋在一邊。

「當然要提腓尼基人呀！」她這麼說。

那是誰啊？我第一次聽到。

「當時，腓尼基人搭船在地中海四處奔走，頻繁地進行交易。然後用他們的財力，讓航海技術更進步。探險家的榜樣就是探險民族！甚至有紀錄顯示，早在大航海時代的兩千年多年之前，他們就已經用船繞行了非洲一周。」

總之，所有的一切都不知不覺變成了「探險」，我開始覺得，世界歷史或許就是這麼一回事。

「說到西洋文明，很多人都認定發源於希臘，其實是由許多文明交流而成。而很多事物的進步，確實都是腓尼基人的功勞喔！」

這種時候，克拉拉老師的聲音一定會變得像超音波一樣高，熱情洋溢，滔滔不絕地說，速度越來越快。

「是小不點。」

我不由得喃喃說道。

「就像這樣，商業和貿易，都稱得上是『探險』的一種形式。」

老師繼續說，「宗教和學問也一樣。對探險而言，最重要的就是這種『目的』。如果沒有目的，就跟觀光沒什麼兩樣了。但如果是觀光也就算了。」

老師的聲音變得像可憐的嘆息一樣，跟小不點相距甚遠。

「大多數的情況都變成了掠奪或征服。即使有不同凡響的任務，最後還是會演變成悲慘的結果。悲傷的歷史實在太多了……」

三浦老師除了數學，還負責教自然。如何觀察星座、船的構造、航海的方式，果然有探險的感覺。但不只是這樣。

「照現代的理論，創造出這個宇宙的根源，據說有『四個力量』。」

什麼什麼？他在說什麼？我有一種忽然被他遠遠拋在腦後的感覺。

「一個是『重力』，我想應該有同學知道，又稱作引力。第二個是『電磁力』，磁鐵會互相吸引或排斥。這樣大家應該猜得到了……」

三浦老師用一如往常的老實臉，扳著手指說道，「剩下兩個，在日常生活中很難有機會瞭解……」

這時有人舉手，是一個叫泰瑞爾．李的同學。「是『強』和『弱』。」

我覺得很傻眼。泰瑞爾平常看起來很成熟，這時候卻讓人感覺他在「胡說八道」。創造宇宙的力量，怎麼可能是這種類似按摩產生的力量。

「喔，你好內行喔！」

三浦老師十分佩服，讓我有點慌張，幸好剛剛我沒有笑出來。

好像有幾個同學知道答案。但我還是第一次聽到，覺得不知所措，完全聽不懂他們在說什麼。

「我們在說什麼，大家聽不懂對吧？」

三浦老師彷彿讀了我的心思，看向我這邊，「大家聽過原子吧？分得更小的就叫作基本粒子。『四個力量』就是在基本粒子之間作用，這是建立在非常高深的理論上，憑我的能力，沒辦法用簡單易懂的方式告訴大家。」

不知道為什麼，老師很得意。因為他將右手撐在講台上說話，皮鞋慢慢地滑走，身體也逐漸傾斜。既然沒辦法告訴大家，為什麼要說出來？我不禁這麼想。

「沒辦法告訴大家的事，為什麼要說出來？」

老師又這麼說，於是我環視四周，想著心裡的聲音是不是外漏了。

「我們看不見的事、不明白的事，很容易被當作沒有這回事。但是，如果真的這麼想，就會停在原點。人類一步一步地朝宇宙的構造、世界的祕密等這些不知道是否存在的東西前進。就算沒有察覺到，但每個人都身處在過去到未來的洪流裡。如果你開始心想為什麼要念書，就請想起這件事。」

三浦老師好不容易將眼看就要倒下去的身體扶正，站得直挺挺的，「這麼做是為了不讓世界停下來。」

「這也是探險家精神對吧？」

我看了看聲音傳過來的方向，是安莉卡．李文斯頓。

三浦老師很難得地露出微笑，抓了抓蓬鬆的頭髮。

被學生說中答案，顯得相當滿足的老師，雖然有一點噁心，但讓我很佩服，原來是這麼一回事啊。

可是，為什麼呢？看著三浦老師的臉，腦海裡就會閃過外公的話。

——絕對不要相信把很重要的事，說得一副看起來很重要的傢伙。真正重要的事，大多在無關緊要的事情裡。

妳聽好了，可倫。外公總是像這樣，對我耳提面命。

美術是由李奧．庫克老師負責。聽說他也是一流的甜點師，還負責開發福利社賣的攜帶型緊急儲備糧食。它稱作「PES食物」或是「糧食片」，打開扁扁的包裝，就會變成蓬鬆的戚風蛋糕。據說是將PES很厲害的技術，運用在食物上。他有著一頭漂亮的紅髮，還會用性感的雙眼對學生微笑，簡直就像好萊塢明星。

還有很多很多跟老師有關的話題，往後應該會再提到吧！

這是因為PES的課程，不知不覺都會串聯在一起。

比方說，在克拉拉老師的社會課上。

「你們在自然課上過宇宙根源的『四個力量』吧？古希臘的哲學家泰利斯（Thales），他認為這個世界的一切都是水組成的。無論是過去還是現在，人類都在尋找同一件事。」

老師這麼說道。

「社會課上古希臘時，學到畢達哥拉斯了嗎？數學課應該也會出現畢氏定理。其實啊，最初發明do、re、mi、fa、sol、la、si、do這些音階的人，也是他喔。」

教音樂的馬希・布拉斯老師這麼說。

「希臘和羅馬衰落後，數學、哲學、天文學、航海術等各種學問，就傳到了伊斯蘭世界。」

沒想到克拉拉老師竟然開始說這些。

「於是呢，經過了漫長的時間存活、進化，又回到了西洋。學問本身簡直就像是『探險家』！」

她用那興奮的小不點聲調說道！

5

「有時候會搞不清楚現在在上什麼課。」

我在中庭一邊吃午餐一邊說。

「真的。」

小流說道，「遇到這個和那個竟然串得起來的時候，會有一點訝異。」

「確實會，我懂。」

雖說是中庭，但四周並沒有建築物包圍，而是位在操場和校舍之間，種了許多樹木的大通道。

這所學園明明有五個學級學生，但我沒有看過其他人。不只是中庭，每個學級都有各自的操場和體育館，不會碰到其他學級的學生。我本來心想上下學應該還是會碰到

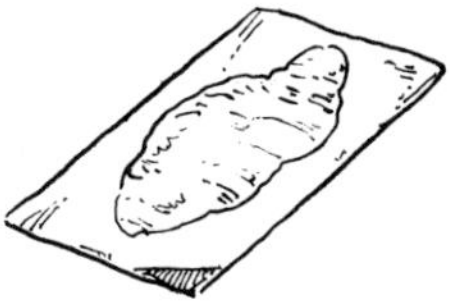

吧？沒想到校門也是分開的。只是，還是會在校園的遠處看見人影，或是在車站看到疑似同校學生的人，這表示其他學級的學生確實存在。

「既然見不到學長姐，表示也不會跟學長姐談戀愛。」

小流脫口而出，然後吃下了飯糰。好得不得了的天氣讓我發呆，差點沒聽到她說了些什麼。

「對啊，真的很奇怪。」

我回話道，咬了一口早上在車站買的奶油餐包三明治。福利社也有賣，但李奧老師開發的緊急儲備糧食，大多是時髦的戚風蛋糕或是古典巧克力，不適合當我們的午餐。

「學長姐應該也會避著我們吧？徹底遵守三浦老師說的規定。」

中庭排列著藍色的半透明壓克力長椅，即使白天也很涼爽。透過樹葉灑下的陽光，隨風搖曳，長椅的藍色陰影也跟著晃動，四周彷彿游泳池底部。

「先別說那個了，我聽說了一件可怕的事。」

小流說道。她的飯糰總是很大，包著海苔，從遠處看起來就像拿著一個熊的木雕。

精細的竹編便當盒，只放進一個巨大的飯糰就填滿了。她已經吃了不少，卻還是看不到內餡。「聽說死掉了好幾個人。」

「什麼？」

「禁止跟學長姐講話，好像也是因為這件事。」

「妳說死掉，是學生死掉嗎？」

我本來想一笑置之，但嘴角卻提不起來，就這樣直接拿起小黃瓜咬了下去。這種無法否定的感覺是怎麼回事？「是意外還是發生什麼事？」

「我也不知道，但一定有什麼為了成為探險家的嚴格訓練。」

「可能嗎？」

一陣沉默。

「一定有。」

如果這件事是真的，不曉得媽媽知不知道？

不對，她一定不知道。

如果有人知道，肯定也只有外公。

但是，如果真的那麼危險，外公會讓我入學嗎？

「有可能。」

外公非常疼我，但他的疼愛很詭異。在瀑布中差點溺水時，他也沒有救我；巧遇從陷阱逃出來的山豬時也是。現在想想，他都是直到最後一秒，才出手救我。

流浪者。那個人的確有可能做出這種事。

我回想起他那亂蓬蓬的頭、細長手腳的模樣。

他很善良，我非常喜歡他，但的確有些地方不太正常。

「不要亂講奇怪的傳言。」

忽然傳來一陣說話聲，讓我差點被馬鈴薯沙拉噎到。一抬頭讓我更驚訝了，是安莉卡·李文斯頓。她還是一樣充滿氣勢，灑落的陽光讓她看起來亮晶晶的，總覺得不像現實中的人。她帶著兩位男同學，好像是她的隨從。

「對不起。」

小流從長椅上跳起來站好。

「抱歉，我不該那麼大聲。」

安莉卡靜靜地說，這樣反而更可怕。「可是，就是不要讓我們有這種不必要的主觀印象，才不讓我們接近其他學級的學生吧？」

「唉呀，哈哈！的確是，怎麼可能會發生那種事嘛！」

我慌張地說道，「不可能出人命啦！」

「什麼？」

安莉卡・李文斯頓的聲調又變僵硬了。整齊的眉毛中間，擠出了扭曲的皺紋。「可倫・松田，妳真的是！」

什麼什麼？我講了什麼不該說的話嗎？

「出了人命又怎麼樣？有危險和不可能有危險，兩個都是『先入為主』。難道妳連這種事都不明白嗎？」

「對不起！」

不知道為什麼，小流趕緊道歉，動作像蝦子一樣。

「哇！」

正好經過安莉卡身後的同學，被巨大蝦子的動作嚇到，後退了好幾步。是吉姆．史考特。「怎麼了嗎？」

「沒有沒有，沒什麼事。」

跟安莉卡在一起的高大同學，彎下腰居中當和事佬。泰瑞爾．李，開學第一天扛著安莉卡過河，後來就一直跟在她身邊。

「別小看探險，真的會沒命的。」

安莉卡．李文斯頓說完，就離開了。

「沒事吧？」

吉姆看了看我跟小流。

「嗯，都怪我胡說八道。」

小流沮喪地低下頭。她發現手上還抓著飯糰，便先把飯糰放回便當盒。

我向吉姆解釋了傳言的事。

「嗯——我不知道傳言是真是假。」

吉姆靜靜地聽完後說道：「不過，探險家總有一天要面對生死。這是逃不掉的。」

跟三浦老師第一天說的根本不一樣……我覺得頭好暈。

「松田、間宮。」

留在原地的泰瑞爾·李欲言又止，扭扭捏捏地動著他龐大的身體，開口說道，「安莉卡雖然有點極端，但我認為她說的話很對。因為她是貨真價實的。」

「貨真價實的？」

小流倒吸一口氣，「果然是這樣，莫非李文斯頓就是那個李文斯頓？」

「什麼？」

我問道。

「她真的是後代啊。」

「誰的後代？」

「妳居然問是誰的？」

小流轉頭看向我，露出不敢置信的眼神，「大衛．李文斯頓啊。」

她回答道。

「喔喔！」

我這麼說，「沒想到真的是……」

他是誰啊……晚點再查吧。

「十九世紀，當時非洲還被稱作是黑暗大陸，他成功完成了三次探險。」

泰瑞爾說道，「號稱全世界最大的維多利亞瀑布，也是他發現的喔！」

原來他這麼了不起。

「但是，李文斯頓真正的偉大，在於他對當時不人道的奴隸貿易徹底抗爭。」

吉姆這麼說，「被當地的人們那麼愛戴、尊敬的探險家，除了他沒有別人了。」

泰瑞爾畏畏縮縮地說：「你也是啊，吉姆．史考特。」

這次換我倒吸了一口氣。

「難道是？」

連我也認識，是我很崇拜的探險家，「羅伯特．史考特!?」

「只是一個很遠的祖先啦。」

吉姆皺起眉，「況且我們又沒有見過面。」

當然不會見到面啊。羅伯特．史考特是在一百多年前，挑戰過南極大陸的英國探險家。他很善良，沒有摧殘狗來拉雪橇。所以被他的競爭對手，挪威的阿蒙森搶先了一步。阿蒙森用了狗來拉雪橇，然後當狗衰弱了，就一隻一隻殺掉作為食物。並非迫不得已，而是打從一開始就這麼計畫。

等我回過神時，早已滔滔不絕說著這些事。

我真的對於這種事，該怎麼說呢？

「我最痛恨了。」

我講出來了。

「我們不知道真正的事實，也不確定他是不是心地善良才不用狗拉雪橇。但是，阿蒙森得到了世界上第一個到達南極點的榮耀。況且，妳也知道吧？史考特探險隊不單單只是輸了這場比賽。」

吉姆繼續說，「他們全死光了，一個人也不剩，全軍覆沒。阿蒙森才是對的。」

我咬著嘴唇，一句話也說不出來。為什麼要站在阿蒙森那邊？他明明是你祖先的競爭對手耶？

「他救不了任何一個同伴的生命，這樣子妳還能說他很善良嗎？」

吉姆平靜地說。

看到他的表情，我領悟到了。吉姆·史考特在他十年左右的人生中，已經徹底思考過了這個問題。

現在，無論我因為個人喜好而做出任何反駁，也無法動搖他。

他帶著如此強大的心志來到這所學園，我是這麼想的。

「我不想變成那樣。」

吉姆這麼說。這一瞬間，我頓悟了。從今以後，我必須不斷思考這件事，這也是我自己的問題。

假如我要當探險家，一定要考慮到這件事。

就在進入暑假之前。

那一天來臨了。

6

「上星期我已經預告過了，明天要實習。」

三浦老師正要擦去「黑板」上的字，忽然停下手說道。板書用一個按鈕就可以全部刪除，也可以像過去一樣，用銀色卡片狀的「板擦」擦掉。

「無論各位同學有什麼事，所有人都要參加。」

「請問，」

間宮流舉手了，「假如身體不舒服，會怎麼樣呢？」

「妳覺得身體不舒服嗎？」

「不是的，只是舉例，萬一的話。」

「不知道。」

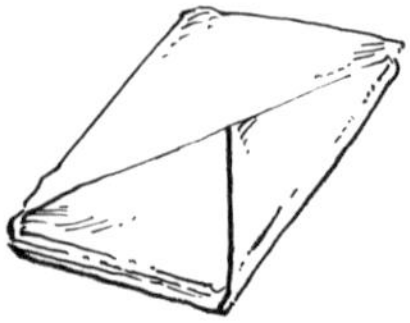

三浦老師這麼說。

「不知道？」

這是其他某個同學說的。大家議論紛紛。

「明天早上，如果真的發生了什麼事，請來提出申請。我會照各位的情況判斷，做出該有的應對。」

三浦老師用他的大眼睛環視了我們。雖然沒有很清晰，但我的腦海裡，有紅燈轉來轉去。

實習。跟目前的「上課」，不一樣嗎——？

「可是，如果運氣不好，發生了無法參加的狀況呢？」

這也是某個同學問的。

「你們想當倒楣鬼嗎？」

三浦老師這麼說後，環視了教室。這時候的他，看起來真的很壞心。

「不是的。」

我們搖搖頭。

「那麼，你們要讓自己的運氣變好。」

三浦老師說道，輕輕點點頭，「對探險家而言，這也是最重要的能力之一。」

我和小流一起走去車站。離學校最近的車站只有一個，大家都搭乘同一條路線，但很少跟其他學生一起。

「不知道大家都怎麼回家？」

我問小流。

「妳現在才問？」

小流不由得在橫跨往對面月台的天橋樓梯上停下腳步，驚訝到後背包幾乎要撞到後腦杓。「都過了三個月了耶？果然很像妳的個性。」

「真丟臉。」

我回答道。沒有注意到如此稀鬆平常的事，這一點確實跟小流正好相反。

「車站另一側的山下，會有車子來接學生，而且也有巴士。」

小流解釋道：「或者在山下的市區租房子。因為有很多學生為了進入這所學校，特地來留學。」

「大家都是有錢人家的小孩啊。」

「不是，我聽說是學校負擔了幾乎所有的費用。」

小流這麼說，「有需求的人，好像有類似宿舍的公寓可以住。那裡也是免費的，如果我們覺得通學很累，也可以住宿舍喔。」

「免費？」

我非常驚訝。

「總覺得 PES 好可怕喔。」

小流露出苦笑，眼鏡後方的眉間皺了起來，真可愛。

「如果我跟媽媽吵架，想離家出走的話，就說我要住宿舍。」

我這麼說，小流哈哈大笑了起來。小流也是少數從家裡通學的學生，但她家跟學校在同一縣區，比我近多了。

「說到可怕。」

我說道。空蕩蕩的月台上，列車行進方向的邊邊，有兩名乘客，看起來彷彿要融化在夏日的斜陽裡。

「明天。」

「對啊。」

先入為主地認為會威脅到生命危險。我們都有很多話想問對方，但心裡惦記著安莉卡那番話，便說不出口。

電車只是載著我們，搖搖晃晃、彎來彎去地下山。就像問號一樣，拐了一個大彎後停下。

睡覺，醒來後，隔天來臨了。

雖然很理所當然，但我很驚訝。

我們在平常開始上課的九點以前，就到體育館集合。大家都穿了方便活動的衣服，但是比上體育課更偏向戶外活動的感覺。我跟小流穿了平常的運動服，但我們討論過後，買了登山鞋和薄連帽上衣。我覺得真是買對了，但PES不會告訴我們要去哪裡、要做什麼，實在太可怕。

「那麼，實習開始。」

或許是我多心，但三浦老師看起來有點緊張。艾爾哈特老師、教語言的利茲老師、教音樂的馬希．布拉斯老師，還有不知道為什麼笑咪咪的福利社李奧．庫克，不對，是教美術的李奧老師都在場。規定所有學生都要參加，但開始前為了讓學生諮詢健康狀況，連保健室的納吉斯老師也在場。還有——

那個人是誰？

外套好像掛在尺寸不合的衣架上好幾年，肩膀的地方像海星一樣，出現了奇怪的角度……

是第一天在校門口看到的老爺爺！

「在說『注意事項』之前，請您先打聲招呼。」

老師們催促道，老爺爺往前踏出一步。

「這是我第一次直接對各位同學講話，我是學園長寺田。」

「喔！」

我把湧上舌根的聲音嚥了回去。

「不過，我沒有什麼話要跟各位同學交代。只不過，既然身為探險家，無論遇到任何苦難，也要帶些什麼回來。」

學園長好像在思考接下來該說些什麼，嘴巴在鬍子下面動來動去後才說：「以上。」

鴉雀無聲。該怎麼說呢？知道他是學園長雖然很驚訝，但特地現身卻沒有說什麼大不了的問候語，更讓人震驚。

「好，學園長，結束了。」

艾爾哈特老師毫不客氣地拍了拍手。「阿尼莫們，接下來，我來分組。」

二十五名一年級學生，分成五個小隊，每個小隊各五人。從第一小隊開始發表隊員。

「接下來，第四小隊。」

艾爾哈特老師說道。

「吉姆・史考特、

尼古拉・波羅、

瑪麗莎・巴頓、

流・間宮、

可倫・松田。」

跟很多好朋友一組，讓我稍微鬆了一口氣。我跟瑪麗莎・巴頓很少講話，但我對她印象深刻。我環視了體育館。

像野生鹿一樣跳過河川的女孩，朝我露出微笑，還揮了揮手。她穿了黑色短褲，短褲下有黑色緊身褲。平常戴的髮帶一向色彩鮮豔，今天變成了樸素的綠色。

「第四小隊的小隊長是吉姆・史考特。」

艾爾哈特老師說道：「拜託你了。」

「腕針會啟動，但請當作它沒辦法使用。不過可以最低限度地看方向和時間。」

「螺或許會出狀況，請大家做好心理準備。」

「即使沒辦法完成任務，也一定要在規定的時間內，回到指定的地方。」

「當然也要注意生命安全，並同時完成任務。」

在聽「注意事項」的時候，我越來越緊張。艾爾哈特老師的說明好像告一段落了。

「這是各位的第一次實習，其他事情會陸續向各位說明。」

她邁開了腳步，說道：「我們要換個地方。」

出乎意料的是，我們沒有離開體育館，而是往更裡面移動。艾爾哈特老師打開了位於舞台側邊盡頭的鐵門。我們側眼看著舞台後方，同時往冷颼颼的通道前進，裡面有另一扇鐵門。

艾爾哈特老師將腕針靠過去，電子鎖發出聲響，門打開了。我很訝異體育館竟然這麼深，但老師沒有任何說明，持續往昏暗的通道前進，我們也只能跟在後面，避免落後。前面又出現了一扇白色的門，當老師用同樣方法打開時，我差點叫了出來。眼前是一條像研究所一樣，冰冷又明亮的長長走廊。

「嗶！喀嚓！」的聲音響起，一回頭就看到走在最後的三浦老師，從裡面把門鎖了起來。

二十五人份的小鞋底，發出啵喀啵喀的聲音，不斷前進。

走廊盡頭，往右和左轉彎了兩次，最後看到了一座像是載貨用的大電梯。

「首先，第一小隊到第三小隊去搭電梯。」

艾爾哈特老師說道，並和同學們一起搭上電梯。我們第四小隊和第五小隊，跟三浦老師一起等電梯。我忽然抬起頭看樓層的指示燈，發現只有地下樓層，B1、B2一直到B6，電梯在B4停了下來。

（地下四樓……？）

學校下方竟然有這麼多層。我背脊發涼，看了看旁邊。抬頭看著指示燈的吉姆・史考特看向我，聳聳肩，彷彿在說：「不管這所學校發生什麼事，我再也不會被嚇到了。」

電梯一層一層往下時，意外地花時間，並不是因為電梯的速度很慢。

「哇啊！」

一抵達，我就不由得叫出聲。天花板好高，每一層樓的高度都很驚人。

就算是夏天，ＰＥＳ所在的山上也很涼爽。而地下四樓更是陰涼，我不禁顫抖了一下。在沒有任何裝飾的走廊前進，到目前為止最巨大、左右雙開、深灰近黑色的鐵門就在眼前等著我們。

「門的另一頭，通稱『密封艙』，沒有什麼特殊意義。」

三浦老師快速地說完，就笑了。

這裡的「密封艙」並不是指太空船或潛水艇中，位在出口前面的氣閘室嗎？就是為了防止空氣突然流失，或是水流進船內的那個空間。

我覺得非常不安。既然沒有特殊意義，真希望不要取這種名字。

通道響起了嗶的一聲。老師把肩膀抵在門上，往密封艙的內側，推開了沉甸甸的大門。

裡面空蕩蕩的，比教室大上好幾倍。那是一個形狀橫長的寬敞空間，正面的牆上有五扇門，門和門之間都有間隔。

門從最左邊開始編號，一到三號的門，數字下方的畫面顯示了紅色叉叉。是正在使用的意思嗎？正好有五個小隊，這表示第三小隊以前的人都進去了吧？

就在這時候，三號門打開了，艾爾哈特老師走了出來。

「嗨，阿尼莫們！」

三浦老師嗶的一聲打開了四號門，艾爾哈特老師便一邊招手一邊走進去。

「第四小隊 Come in。」

那裡是一間往裡面延伸的細長型更衣室。

整體的顏色是奶油白，進去後的左邊牆壁就像方格紙一樣，一整面幾乎都是正方形置物櫃的門。

艾爾哈特老師輕觸了門旁邊的控制面板，置物櫃依序打開了五個。每個架子上都有一個後背包。

「請各自拿一個後背包，每個小隊都是不同顏色。」

艾爾哈特老師說道。接近芥末色的漂亮後背包，看來第四小隊是黃色。

「裡面裝了什麼，看就知道了，等一下請各自確認。把自己帶來的東西，裝進這個後背包裡。實習用不到的東西，就收在置物櫃。這次除了後背包，還特別加上這個。」

艾爾哈特老師再次輕觸了面板，打開另一個置物櫃。「就是防火外套。」

外套摺得像卡片一樣小，長得像透明雨衣。老師一邊分給我們一人一件一邊說道：

「外套結合了ＰＥＳ的最新技術，甚至可以抵擋攝氏四千度的火焰。」

哇——好厲害喔——

現在不是想這個的時候。

為什麼必須準備抵擋攝氏四千度火焰的物品？太可怕了吧！

「那麼，終於要出發了。」

艾爾哈特老師指著更衣室深處。裡面有一扇像龜殼一樣，有溝槽的鐵門，中央微微隆起。

「一個一個進去。等裡面牆上的五個燈號從紅色變成綠色後，就可以從裡面的門走出去。一下子會有東西發出聲響，也會有風吹過來，請不要太在意。」

「請問老師。」

瑪麗莎露出苦笑，把手舉在臉旁邊：「要我們不要在意，但我是不是可以發問呢？走過去要做什麼？」

「掃描。」

艾爾哈特老師說道，「目的是調查實習前和回來後的狀態，還有殺菌。不會影響健康，放心吧！」

我們不由得互相看了看彼此。可以理解老師們不想多做解釋的原因，因為學生會越聽越擔心。

「那，從我開始吧。」

吉姆．史考特稍微舉起手。粗花呢上衣的背影，走近門，握住了門把。他將門把轉成直角，就噗咻地發出了空氣洩出的聲音。

吉姆一走進去，畫面就出現了叉叉記號。我們不發一語地看著。

「那，前面是什麼？」

發問的人是瑪麗莎。

「終於要搭乘交通工具了。」

艾爾哈特老師面帶微笑說：「這個工具叫作『Vessel』。大家要搭乘的這五艘是最小型的，又叫作『威化餅』。」

「這樣啊。」

瑪麗莎雙手抱胸說道。

畫面上的叉叉消失了。瑪麗莎正要往門走過去時，

「下一個是我。」

尼古拉．波羅這麼說，「我本來想第一個進去的，不過，我退讓了。畢竟吉姆是小隊長。」

尼古拉．波羅在鼻子上擠出皺紋，笑了笑。

接著是瑪麗莎，然後是我，最後是小流。

我走進門裡，把沉重的門把恢復到原位，然後上鎖。裡面大概有盥洗室那麼大，我用雙手將後背包抱在胸前，背也自然挺得直直地。

牆上有五個排成直列的大燈號，全部顯示紅色。啪咻！啪咻！響起類似閃光燈的聲音，牆壁和天花板都發了光，我嚇得差點跳了起來。接著是咻一聲很短暫的聲音，有無形的東西噴到我身上，我不禁叫了出來。就這樣，燈號的顏色從最上面一個一個改變，全部變成了綠色。

嘴唇好乾，我舔了好幾次。

眼前大門的另一頭，傳來又悶又沉重的聲音。那感覺就像巨大的石臼動了又停下。

「絕對不是威化餅那種可愛的感覺。」

我一邊說，同時握住了門把。

那是一個很像貨櫃內部的咖啡色房間。

比電車的一節車廂還要寬一點，長度大概只有一半。

與其說是交通工具，更像醫院的候診室。有兩張沒有椅背的長椅並排著，吉姆坐在椅子上，瑪麗莎和尼古拉則是站著，三人用僵硬的表情看著我。

這裡應該擠得下二十五個一年級學生。雖然不算寬敞，但或許是因為除了椅子外沒有別的東西，空蕩蕩的，讓人心神不寧。

「欸。」

瑪麗莎凸出下嘴唇說道，「我們聽了『注意事項』，卻沒有聽到任何最重要的事項。」

「嗯。」

尼古拉說道，「我也有同感。我們要做什麼？」

「不清不楚的！」

我半吼叫地說。嗚──好悶啊！「如果事先說明，就沒辦法實習。我覺得可能是為了排除先入為主觀念的關係，但未免太莫名其妙了。」

「妳說得對。」

吉姆笑道，「那句話叫什麼？有這種說法吧？語什麼重的……」

「啊──就是那個。」

我跟著說，「叫什麼來著？」

「語焉不詳，應該是吧？你跟語重心長搞混了。」

瑪麗莎這麼說道。她好厲害，語言程度比我還好。

「流好慢喔。」

尼古拉話才說出口，入口的叉叉就消失了。小流抱著鼓鼓的後背包出現了。

「唉呀，真是傷腦筋。艾爾哈特老師說，我的行李太多了，要我拿一些出來。我堅持所有東西都需要，抗拒了一下，最後大部分都被收在置物櫃裡了。受不了！又不是搭飛機前要檢查手提行李！」

我說，小流啊，其實也很接近了。我在心裡這麼說著。

「噓——！」

吉姆在嘴巴前豎起手指：「第五小隊就快要搭乘完畢了吧？等一下一定會有說明。」

地板晃動，我們倒抽了一口氣，前後左右稍微移動了一下之後就停止了。我的心從剛才就噗通噗通地跳得很快，原來很像石臼的聲音就是這個。

我們就這樣僵在原地等待。

什麼事都沒有發生！正當我緊張難耐，快要叫出來的時候，天花板傳來了聲音。

「各位同學，已經搭上各自的『威化餅』了吧？」

這是三浦老師的聲音，這裡好像有喇叭。「接下來，我要簡單地做最後說明。如果有任何問題，就用腕針發問。」

「好討厭喔，什麼最後啦。」

我不高興地發了牢騷，在長椅上坐下。

「坐哪裡都行，坐下之後有安全帶，請確實繫好。航海期間，『威化餅』可能會搖晃。雖然不會有危險，但盡可能避免交談和飲食。航海時間大約十三分鐘到十四分五十秒鐘。」

「航海？我們要出海嗎？」

瑪麗莎看著身旁的我說道，我搖搖頭。心想：不要問我啦！

「抵達目標地點後，記得用腕針確認時間。計時器應該會啟動，時間限制是七小時。無論發生任何事，一定要在時間內回到『威化餅』，絕對不能遲到。」

三浦老師的聲音又重複了一遍，「無論發生任何事，都要回來。」

「遲到會怎樣呢？」

忽然響起噗滋的雜音，喇叭傳出學生的聲音。應該是有人透過腕針發問。肯定是坐在其他艘「威化餅」上的成員。

「我只能告訴大家，絕對不要遲到。」

三浦老師欲言又止地說道，「即使沒有達成任務，也要回來。」

吉姆和尼古拉坐在我的對面，我的兩邊則是坐著瑪麗莎和小流，我們彼此看了看對方。

對探險家而言，最重要的就是任務，是探險目標。克拉拉老師是這麼說的。

但三浦老師卻要我們以時間內回來為優先。總覺得背脊涼涼的，不太能安心。

「請問，老師們呢？」

又有人發問了。

「我們會在這裡待命，這是你們的實習。」

意思是，這是沒有老師帶隊的遠足？

我亂講的。從剛才就強烈感受到，這絕對不是遠足。

「另外，一旦出海，就沒辦法聯絡。」

身體感覺輕飄飄的。

「威化餅」慢慢動了起來。喇叭的聲音沙沙響著，開始有了雜音。

「三浦老師，快點把任務告訴大家！」
吼叫聲來自艾爾哈特老師。
「啊對，好險啊。不是啦，我並沒有忘記……」
「好，各位同學聽好！實習的第一個任務！」
艾爾哈特老師插嘴叫道，說話速度非常快：「要找到龍的蛋！聽清楚了，龍的，蛋！龍……的……」
通訊中斷了。

接著，航海旅程開始了。
與其說是船，這個工具更像是飛機，腳底輕飄飄的。氣壓好像也有點變動。
但是，並不是噁心的感覺。
慢慢地退後，慢慢地前進。先有一次這樣的感覺，後來就感覺不到它往哪裡前進，只感受到細微的震動。

我繫著安全帶，試圖跟同隊的同學講話，但隨即就變得意識模糊——

我掙扎著。

我想我的身體應該有扭來扭去。

甚至不懂得這叫作害怕的強烈恐懼。

但是，總覺得全身力量油然而生。

身體一口氣浮了起來，來到光芒的中心。

這是什麼？

我這麼想著。

啊，這是跟外公一起生活時，第一次在河裡游泳的記憶。

噗哈！我大口呼吸，下一秒鐘，又潛入水裡。

明明一直掙扎，心裡卻想著：

我不是溺水，而是在游泳。

我大口咬了閃閃發光的空氣，接著又讓頭鑽入水中。

「松田。」

有人叫我。

「嗯。」

我回應道。這裡當然還是在咖啡色的「威化餅」裡面，其他四人注視著我。

「咦？我睡著了？」

我這麼說，擦掉口水。真糟糕。

「不，大家都睡著了。」

尼古拉笑道，「好像看到了幻覺。」

「沒錯，是幻覺。」

我看到大家已經沒有繫著安全帶，也連忙解開。「確實如此，如果是夢，未免也太真實了。」

「我在奶奶家烤蛋糕。」

瑪麗莎笑著說，「真的非常真實。那個又酸又甜、會讓臉頰深處縮起來的檸檬蛋糕……先別說了，好像到了。」

「先確認再說。」

尼古拉站起來走到門邊。外型很像入口的門，但大了一圈。他伸手握住旋轉手把，企圖往上拉。

「等一下。」

這次換我開口：「應該不會突然出現在水裡吧？」

「說得也是。」

吉姆說道，「我希望這裡是真正的密封艙。」

「Ma va !?」

尼古拉鬆開了放在門把上的手。我記得Ma va是義大利文，意思類似「真的假的？」尼古拉常常說這句話。

「咦？」

義大利文？我摘下耳朵上的螺，盯著螺看。「螺，死掉了。」

雖然有電，但不會翻譯。注意事項有提到，螺或許會當機。

「這下麻煩了。」

瑪麗莎說道，把螺摘下又戴上。

「總會有辦法的。」

我這麼說著。這三個月來，我已經可以用英文單字和日文跟大家溝通了。

「我不是這個意思，我的意思是我們在無法連上網路的地方。」

瑪麗莎戳了戳畫面一片黑的腕針。原來她是這個意思啊……

「總之，先搞清楚這裡是哪裡吧？沒有網路的話，就親眼去看。」

尼古拉再次伸手握住門把。

「等一下。」

小流說道。

「Ma va !?」

尼古拉笑著放開手，「這次又怎麼了？」

「咦？你剛才是不是說真的假的？」

我這麼說。

「真的耶。」

吉姆說道，「恢復正常了。」

我從來沒有認真想過，螺到底是怎麼運作的？我以為是靠電波，跟某處的翻譯機器連線。不過，如果是這樣，就會跟腕針一起無法連線吧……？

「流，怎麼了？」

尼古拉問道。

「大家一起開門吧！萬一發生什麼狀況，可以幫忙。」

小流站了起來。

「謝謝妳。不過，我可以的。」

尼古拉伸出手掌，像是要制止她，眼神非常嚴肅。「如果真的有意外狀況，我希望減少犧牲人數。」

感覺有東西在我的身體裡慢慢擴散，無法動彈。

是恐懼？還是羞愧？到底是什麼？我再次體認到，大家並不是隨便選擇這所學校，沒有人像我一樣呆呆地就跑來。

尼古拉抬起門把，門就喀噹一聲往側邊滑開。所有人都屏住呼吸。門外還有另一扇門，尼古拉往前走，打開第二扇門之前朝我們聳了聳肩，又確實地關上了眼前的門。

風吹著。雖然有溼氣，但不覺得悶熱，還摻雜著許多植物的氣味。飄散著些許海潮味的方向，隱約有發亮的白色海浪。

高度很低的廣闊草原，像海浪一樣起伏。前方有一座尖山，形狀就像三根豎起來的手指頭，也很像雞冠。山雖然不高，但山頂露出岩石，看起來很險峻。

我們從跟地面只有一點點高低差的「威化餅」上跳下來，慢慢踏進眼前的風景。

「這裡好漂亮。」

小流說道，環視了四周，「不知道其他小隊在哪裡？」

「我也不知道，但應該在這座島的其他地方吧？」

吉姆這麼說。

我心想，原來如此，這裡是一座島啊。不愧是小隊長，居然看得出來。

這時候，瑪麗莎忽然笑了出來，「沒有人提到龍的事。」

「果然沒錯！老師確實提到了龍，對吧？」

我不由得大聲叫，「艾爾哈特老師說的。」

「她的確說了。」

吉姆點點頭，「如果我沒聽錯，她說了龍的蛋。」

「龍真的存在嗎？」

我說道。

「應該不存在吧。」

尼古拉用鼻子哼了一聲，「等一下，會不會是指科摩多龍？」

「如果是這樣，那這裡就是印度尼西亞了。」

瑪麗莎這麼說道。我忍不住摸了摸腕針。平常除了目前的所在地，還可以靠它得知各種資訊，但現在黑色畫面只顯示了一個小小的叉叉和時間。這表示收不到訊號。

「PES的技術果然很厲害。」

小流說道，然後轉過身，「轉眼間就移動了這麼遠。」

我們也跟著回頭，現在才仔細看了「威化餅」的全貌。看起來沒有車輪，也沒有翅膀，真的就是一根咖啡色棒子。陽光下，充滿光澤，就像淋上了花生醬。

「可是，這裡感覺不像東南亞。」

我這麼說。看植物的模樣，感覺更像北方國家。不管是哪裡，我都不認為能在三浦老師說的「大約十三分鐘到十四分五十秒鐘之間」抵達。只不過我睡著了，其實並沒有計時。

「有沒有人對龍有研究？」

尼古拉說道。

「我看過書喔。」

我答道，「像是《艾摩與小飛龍的奇遇記》（*My Father's Dragon*）。」

「那是繪本吧？」

尼古拉說。

「不是繪本，是故事書。」

「《哈比人歷險記》之類的吧？都一樣啦，反正都是虛構的故事。」

「話說回來，有非虛構的龍嗎？」

瑪麗莎這麼說。

「啊！」

吉姆說道，「會不會是暗號啊？」

「喔，解謎嗎？」

尼古拉這麼說，「比方說名為龍蛋的寶石之類的。」

「喔喔！我喜歡解謎！」

小流說道。她的鼻翼鼓起，眼鏡歪了一邊。

「原來是這樣。」

我佩服地說，「龍蛋、龍蛋……」

就在這時候，有道影子落在對面的三指山岩石上。

那道影子沿著山脊，朝我們所在的草原慢慢接近。

我瞇起眼睛抬頭看，有個黑色物體，遮住陽光飛了過去。

「不是暗號？」

我腦袋放空地說道。

「的確，如果是鳥，未免太巨大了。」

吉姆冷靜地說。

那個物體一離開太陽的正下方，就能清楚看到模樣。

跟艾摩系列中出現的龍不一樣。翅膀很大，但又粗又短，還有很粗的喙。

「感覺很像渡渡鳥。」

瑪麗莎用手遮住陽光，一邊抬頭看一邊說。我知道渡渡鳥，牠棲息在非洲附近的模里西斯島上，是過去曾經存在過的鳥。上課時讀過的《愛麗絲夢遊仙境》中也有出現。

「不對，不可能。」

瑪麗莎否定道，「渡渡鳥不可能那麼巨大，而且牠不會飛，更何況牠已經……」

「已經滅絕了。」

吉姆喃喃說出在場所有人的想法，「大航海時代，歐洲人的探險，讓牠們滅絕了。」

「可是，真的很像。」

我這麼說。渡渡鳥當然不是龍，但脖子和喙很像蛇。假如真的有如此巨大的渡渡鳥，以前的人認為牠是龍也不奇怪……

正當我想著這些事時，牠已遠離，然後消失在海岸那側。

「Ma va……？」

尼古拉喃喃說道，而且是在目前他講過的次數中，感覺最驚訝的一次。

我們屏住氣息，目送飛向天空遠處變小的影子。「啊！」小流叫道。

「『威化餅』不見了！」

一回頭，我不禁打了個寒顫。但是，仔細一看，好像有什麼東西模糊地蠕動著。

「是光學迷彩。」

尼古拉說道。大家好厲害，都知道一些很難的東西。我走過去伸出手，指尖碰到了堅硬的東西。是「威化餅」，它確實在這裡。太驚人了，它照映出四周的草原，變成類似透明的模樣。

「大家要記住這裡的地形。萬一走散了，也可以各自回到這裡。」

我聽到吉姆的話，連忙摘了帶有類似三葉草的白花花朵。然後編成小花圈，摸索著把花冠捲在門弓上。「從遠處看不見就是了。」

「喔。」

瑪麗莎說道，「當作記號啊。」

「空中飄浮著花圈。」

尼古拉說道。

「好美喔！」

小流這麼說。

「還好啦。」

我回應道。

「我們稍微整理一下吧。」

吉姆咳了一聲，「目前知道的就是，這座島上有龍。我們必須在規定的時間內，找到牠的蛋。」

「而且，」

瑪麗莎指著腕針，「已經過了十五分鐘。」

「欸，這裡會不會是虛擬實境的空間啊？好像在遊戲裡。」

小流這麼說。

「我也想過。」

瑪麗莎說道，「這裡真實得太不尋常了，憑PES的技術，應該可以做到。不過，就算是虛擬實境，該做的事情也一樣。」

「不同的是，如果這裡是虛擬實境，就算失敗也可以重來。」

尼古拉半開玩笑地說，「如果不是這樣，真的會要人命。」

我們一片靜默。

窸窸窣窣的聲音響起。

6

「嗚哇！」

我一下子跳開。放在腳邊草叢的後背包上，有一隻像是銀色大蟲的東西黏在上面，不停蠕動。尖尖的頭，從很像甲殼的圓形物體上伸出來。

「是刺蝟。」

聽到小流這麼說，我剛好落地，然後說：「好可愛！」

「不要摸！」

吉姆激動地大叫，很不像他的作風。我們原本興奮地動著手指，企圖要摸牠刺刺的背部，但聽到後不禁停住不動。

「咕——噗——」

刺蝟叫道。

「牠講話了。」

尼古拉笑道，「好像在說我並不危險喔！」

「牠才沒有。」

吉姆回應道。

「啊！」

雙眼緊盯的小流說，「這不是針！」

「什麼？」

我立刻蹲下，「真的耶，是蓬鬆的毛倒豎。」

「這樣完全沒辦法保護身體，只是變圓而已。」

「就只是讓自己變可愛啊，這樣很棒不是嗎？」

興奮的小流和我，圍著可愛的銀色毛球，鼻子噴出熱呼呼的氣息。

「好了，出發吧！」

瑪麗莎無奈地說。

「咕——噗——」

雖然是暫定的名字，但咕噗張大圓溜溜的眼睛，發出叫聲。

「牠說想跟我們走。」

我這麼說。

「怎麼可能！」

尼古拉說道，但咕噗撥開草叢，小碎步地跟著邁開腳步的我們，他慌張地說：「真的耶！」

我們好像可以溝通。不是因為牠聽得懂我們說的話，而是超越了語言。

咕噗追過了我們，沙沙沙地撥動草叢，往山那邊前進。

「龍是從那座山後面來的對吧？」

尼古拉抬頭說道，「是說，這傢伙該不會要幫我們帶路吧？不對，應該不可能。」

可是，龍看起來像是從三指山的後方起飛的。山頂應該有牠的巢吧？雖然沒什麼根據，但確實有這個可能性。

「差點忘了，來檢查分配到的東西吧！」

吉姆停下腳步，放下後背包。

我在自己塞進去的行李下方，找到了撲克牌大小的盒子。裡面有一塊布，我以為是手帕，攤開後變成了浴巾。正面是橄欖綠，背面是卡其色。上面有好幾個暗扣，扣上去可以變成各種形狀。

「感覺很方便。」

我這麼說。

「不，這是非常棒的東西。」

小流似乎有點興奮，「雖然很薄，但是看起來很堅固，保暖又吸水。我很想知道這是什麼材質，一定是ＰＥＳ的最新技術。」

變成電視購物了。

「啊，這個！」

瑪麗莎拿在手上的是福利社很常見的攜帶型緊急備用糧食。「上面寫了是李奧．庫克的最新作品，鬆軟可頌麵包。」

如果這塊緊急備用糧食能恢復成酥脆的、充滿空氣的可頌麵包，就真的是非常了不起的技術。

「所以在體育館時，李奧老師才會笑眯眯的啊！」

小流說道，「他也有可愛的地方。」

「攜帶型緊急糧食是可頌麵包，總覺得怪怪的。」

尼古拉厭煩地噘起嘴，「不覺得更有飽足感、更營養豐富的食物比較好嗎？」

除此之外，還有水壺、折疊式冰斧、繩索、小刀、藥品組合等等。我們大略檢查了一遍，終於要正式展開「任務」了。

7

我不會搞錯野獸走的路和人類走的路。

外公經常一邊走山路一邊這麼說。

「我不是登山家，不懂登山。但是呢，不管是山還是草原，最重要的就是仔細看清楚。馬走的路，對牛來說太窄了。但是，馬爬不上去的路，牛卻爬得很快。生長在公園的草，仔細觀察之後，會發現全都不一樣。」

眼前的山，絕對不算高。

如果山路維護得很好，就算是小孩子的腳程，也只要一個多小時就能爬到山頂，非常適合郊遊或遠足。前提是要有人「可以走」的路。

「我們繞過草原，找個比較好爬的地方吧！」

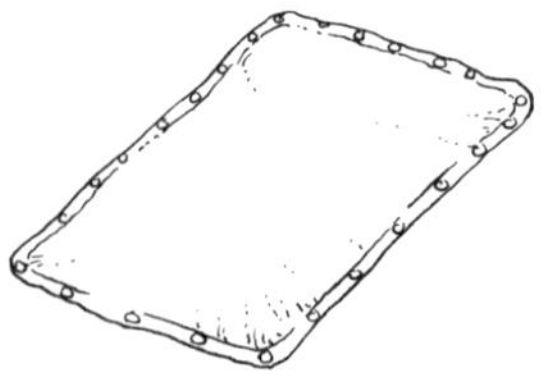

我們跟在吉姆身後邁開腳步。咕噗一邊觀察我們，一邊修正方向，有時走在前面帶路，有時在後面追趕。

很快地，看到了有許多灌木叢和藤蔓的樹林，海潮的氣味消失了，變成混合了青苔和土壤、類似舊毛巾味道的風。樹木上長著兩端尖尖的奇妙果實。

「那個，不知道能不能吃？」

小流說道。

「千萬別吃喔。」

瑪麗莎說，「這種水果雖然外觀像柑橘類，但是卻從來沒有看過。」

「話說回來，龍都吃什麼食物啊？」

尼古拉這麼說。仔細一看，他連探險用的服裝都好時髦。焦茶色的褲子搭配藍色格子的法蘭絨襯衫，再加上明亮的髮色，簡直就像《丁丁歷險記》裡的丁丁。

「牠飛到海那邊去了，或許是要捉魚。」

小流說道。

說著說著，回頭一看，我發現我們並沒有從剛才的草原前進太多。雖然不及南方島嶼，但這座島的樹林也算茂密；該從哪裡入山才好，我們一邊走一邊左看右看。

「再這樣下去，時間可能會不夠。」

瑪麗莎說，「說是這麼說，貿然走進去，也可能無法前進就結束了。」

「的確很可疑。」

史考特看了腕針。

「等一下。」

我環視了四周。從草地轉變成樹林的那附近，雖然看起來都大同小異，但大自然會有好幾層，就像蛋糕店的千層蛋糕一樣。「那邊。」

大家同時往我指著的方向看去。

「為什麼？」

瑪麗莎將眼睛張得又大又圓。

風、亮光、雨、溫度和溼度。照不到陽光就長不高的樹、太亮就會死的生物、巨大的野獸、小小的動物、蟲子、孢子；會飛的、用爬的、在樹上挖洞的、鑽進土裡的；掉下來的樹果、越長越多的水果。這些東西像膜一樣層層堆疊。有深度、寬度，不只上下延伸，早晨、中午、夜晚、季節、一年、好幾百年，許多時間堆疊在一起。

龍或許也會吃水果。不過，我猜牠是吃蟲子或動物。小動物和稍微大一點的動物，這些小動物會有專門來去的路，避免被龍發現。就算是人類也不會去走，雖然讓人察覺不到，但無論何時，風和聲音總會不經意地往那裡飄散過去一點點。

「理由我不太會解釋。」

我這麼說。用眼睛、耳朵、鼻子、觸覺和記憶，一點一滴剝開那層膜。這麼一來，就可以知道是在那邊了。

「那邊有什麼？」

尼古拉問道。

「野獸走的路。」

我回答。

外公說過，不可以搞錯野獸走的路和人走的路。但是，這裡沒有人走的路，只能走野獸走的路。

「咕——噗——」

咕噗也這麼說。

「過去看看吧！」

吉姆說完，便改變了方向。走進樹林，才稍微前進就有感覺了。樹木變得有點稀疏，樹下的草隱約看得見土壤。稱不上是路的羊腸小徑出現了。

「應該可以從這裡走。」

尼古拉輕輕做出了勝利的姿勢。

「好厲害！」

小流說道，「可倫妳好強！」

「動物會通過，走的時候小心一點。」

我這麼說，「雖然我覺得牠們應該不會在大白天出沒。」

不過，那是以往的常識。畢竟這裡是有龍的島，什麼樣的動物出現都不奇怪。

「是喔？」

瑪麗莎雙手抱胸，注視著穿梭在樹木之間，延伸到山頂的羊腸小徑。我想起安莉卡・李文斯頓說我很像猴子的事，背脊一涼。不過，

「妳真的很了不起。」

聽到瑪麗莎這麼說，我覺得很開心，接著邁開了腳步。

比起撥開亂糟糟的枝葉、藤蔓和灌木叢往前進，走小徑快了十倍。這條小徑肯定連接到某個地方，但萬一它離山頂越來越遠，就必須重新思考對策。

「咕——噗——」

走了一會兒，咕噗就纏住了我的腳。蓬鬆的毛球捲著我，從遠處看起來，或許很像擅長盤球的足球選手。

「等一下！」

我這麼說，所有人都停下腳步。仔細觀察會發現到，附近樹木的樹皮，都變得紅紅

的而且脫了一層皮。這是某種堅硬東西摩擦後的痕跡。豎起耳朵聆聽，好像能聽到某種聲音。仰頭看著我的咕噗，迅速閃躲到旁邊的樹叢。

「快躲起來！」

當沙沙聲變成了噠噠聲時，下一秒鐘，幾頭山豬就很擁擠地衝過了這條細窄小徑。我們趴在樹叢裡，屏住呼吸好一會兒，才戰戰兢兢地站起來。

「看到沒？」

尼古拉小聲說。

「看到了。」

我回答道，「是成豬帶著小豬。」

「這不是重點。」

尼古拉說，「很像鹿豚。獠牙很嚇人對不對？下面的牙齒捲起來，簡直要戳到自己的頭。只生存在東南亞，幾乎要絕跡的動物……」

「咕噗好了不起喔！」

小流說道，「牠通知我們有危險呢！」

「我覺得牠只是自己想保命。」

吉姆這麼說。

「錯了，不知道為什麼。」

瑪麗莎訝異地說，「我總覺得，這傢伙是真的要幫助我們。」

「是說，鹿豚、渡渡鳥、還有龍，這裡有好多奇妙的生物喔！」

小流輕輕點頭，讚嘆地說，「還有咕噗也是。」

「問題是，地球上還有不為人知的土地嗎？」

瑪麗莎這麼說，所有人都閉上了嘴。我們在樹林裡，圍成一圈俯視著咕噗。

的確沒錯。說不定，這裡是學校為了「實習」所打造的島嶼吧？那群人真的做得出來。從全世界收集快滅絕的動物，聚集在此……雖然沒有說出口，但我是這麼想的。

「啊！」

瑪麗莎好像忽然想到了什麼，捲起袖子開始操作腕針。「雖然不能通訊，但可以使用原本的功能吧？」

「應該吧？」

吉姆說道。

「我記得，呃——有了！」

瑪麗莎把出現在腕針畫面上的圖示拿給我們看，「Sonic barrier，會發出讓動物迴避的超音波。」

「瑪麗莎妳好棒！」

尼古拉吹了聲口哨。

「不是我，是泰瑞爾對這些事很內行。之前，他在下課時告訴我的。他說其實還有許多功能，但PES不會教我們，叫我有空時多操作一下比較好。」

瑪麗莎按下圖示，腳邊的咕噗就顫抖了一下。

「啊，對不起，咕噗。」

我把牠抱起來，「你跟我們走的時候，要稍微保持距離喔。」

「看來確實有效，只是對咕噗有些不好意思。」

瑪麗莎點點頭。

「咦？這麼說來……」

小流說道，也開始操作起腕針，「果然有，陀螺羅盤！」

她這麼說，把手朝向從樹林間隙看得見的山頂，然後設定好。我們所有人都盯著小流，發出了驚嘆聲。畫面上顯示了山頂的方位，還有抵達目的地的直線距離。「說得像探險家一點，這就是指南針吧。」

「流，妳好厲害！」

尼古拉又這麼說。越走進樹林深處，大家就越提心吊膽，深怕走錯了往山頂的方向。

「光仰賴可倫的直覺，未免太不可靠了。」

小流笑道。

「妳說什麼？」

我假裝生氣，其實最鬆了一口氣的人就是我。所有人的命運都仰賴我的直覺，坦白說真的讓我焦慮到發抖。小流早就知道了吧。

就這樣，大概走了二十分鐘吧？漸漸傳來水的聲音和氣味，眼前變得很開闊。是河。

以山裡的河來說，它的寬度很寬。水量多，流速也很快。雖然很清澈，但看不見河底，硬要渡河會很危險。雖然我認為河裡不至於有食人魚或鱷魚，但也不知道有什麼生物。

那，該怎麼辦？

所有人都不發一語。

「這個，讓我想起一件事。」

瑪麗莎這麼說，讓我笑了出來。因為我也想到同一件事。

「第一天對吧？」

「這次就不能把衣服弄髒了吧？」

小流對尼古拉說。

「今天的衣服可以弄髒沒關係喔！」

尼古拉笑道。他一邊笑，同時已經走到水邊。瑪麗莎看著天空，吉姆踩踏著可能會崩落的河岸土壤，確認是否安全並往上游走。小流翻找著後背包。這是什麼感覺？令人亢奮。

就像不同的人，做著自己擅自的事。

但是，目的只有一個。

那麼，我該做什麼呢？

「喂——」

是吉姆的聲音，「你們過來一下！」

我們朝上游走去。吉姆站在樹林裡，用腳尖壓著某個東西。樹木倒在地上。

「感覺行得通。」

瑪麗莎交互看著河的寬度和樹木說道。是獨木橋。我們五人立刻試著抬起那棵樹，設法移動它。

「我記得有手套。」

差點忘了。大家翻找後背包，戴上手套。感覺還不賴，像尼龍一樣非常薄，卻像棉手套一樣堅固。

「啊！」

尼古拉掏出的是電動刀。「原來只有我不是小刀，用這個鋸掉多餘的樹枝吧！」

「我懂了，一個小隊只有一個，應該是這樣。」

吉姆說道，所有人都開始把後背包裡的東西倒出來。

「這是什麼啊？」

小流發現了一個巧克力盒大小的東西，打開一看，發現可以展開。「是救生衣！」

「只有一人份嗎？」

瑪麗莎說道，「真敷衍。」

「好歹放泳衣進來嘛！」

尼古拉這麼說。

「如果是遠足才會放吧。」

瑪麗莎回道。

「這是什麼？」

我拿起一個很像唇膏的東西。

吉姆接過去仔細看了看，「是信號彈。」

是喔？又沒有槍，怎麼發射呢？

「唉唉！要是有我的包包就好了！」

小流焦慮地說，「我的包包裡有很多派得上用場的東西啊！」

在我們檢查後背包時，尼古拉已經把樹枝清乾淨了，我們開始慢慢移動倒下的樹木。手套的性能很強，只是戴上去，出力的方式就完全不同。好不容易把樹木拉到河川寬度較窄的地方，然後慢慢挪動位置，讓樹木立起來。

我們一起喊口號，讓樹木倒向對岸。

咚沙一聲，獨木橋完成了。

「喔喔！」

五人一起叫道。

「架上去是架上去了，但走過去好恐怖喔。」

尼古拉這麼說。

「我先過去。」

小流說道，「我過去對面後，會把繩索帶到對岸。把繩索綁在兩邊之後，就可以變成簡便扶手。」

「不行不行，太危險了。」

尼古拉這麼說

「不管是誰都很危險啊。」

小流回答，「萬一倒楣掉進河裡也沒關係。我很擅長游泳，在上一所小學，大家甚至叫我河童。」

「河童？」

吉姆、瑪麗莎和尼古拉說道，他們不知道也是理所當然的，「What？」

「河童啊。」

我解釋道，「牠最喜歡吃小黃瓜，會突然跟你玩相撲，奪走你的尻子玉（註：一種假想的身體器官，像寶玉一樣的東西，平時在人類的肛門裡）喔。」

「尻子玉!?」

三人說道，我不知道該怎麼翻譯。「小流會搶走嗎？」

「可倫。」

小流注視著我，輕輕搖頭，「妳的解釋太奇怪了。」

我們連忙穿上充好氣的救生衣，小流便把我們抓著的繩索末端綁在腰上，利用剛架好的獨木橋走到對岸去。每當她腳步不穩時，所有人都屏住呼吸。當小流走了超過一半後，她重新取得平衡，一口氣走到對岸。

嘩——！我們在這邊歡呼道。小流解開身上的繩索，綁在附近的樹上。接著我們只要拉緊繩索，把這一頭綁在樹上就可以了。長度很足夠。

「那邊拜託你們了！」

小流用力揮手，不斷原地跳躍。

「危險啊！」

我大叫道。小流著地失敗，腳一滑掉到水裡去了。

「呀啊——！小流！」

別人笑我是猴子，雖然很火大，但老實說並沒有錯。我的平衡感本來就超級好，我像子彈一樣衝出去，一瞬間就走過獨木橋。追著載浮載沉的紅色救生衣，在對岸奔跑著。

我追不上她。樹下長的草絆住我的腳，很難跑得快。河往左蜿蜒，樹木遮住了前方。

呼喊小流的聲音，被嘩啦水聲覆蓋。我看到紅色救生衣彎過轉角消失前，小流的臉忽然露出水面。

我撥開路上長得很高的草叢，繼續往前追，發現小流出現在河岸上，

「小流！」

剎那間，有個黑色人影跑走了。

（誰啊？）

轉眼間，人影就消失在樹木間。

「嗚——」

癱倒在草叢的小流呻吟著，雙手撐起背部翻轉過來。「可倫，妳救了我啊？」

「不是我。」

「咦？」

「是別人，已經跑走了。」

「嗚哇——」

小流吐了，「我喝了一點水。唉呀——我想盡辦法奮力往河岸游，最後有人拉了我一把。謝謝這個陌生人，他一定是我的王子。」

她的樣子怪怪的。

「愛讓奇蹟發生了。」

我聽不懂她在說什麼。反而覺得小流的眼鏡還掛在鼻子上，沒有被沖走，才是真正的奇蹟。

我輕撫她的背，盡可能讓她把水吐出來。那個人到底是誰？不是別小隊的學生，是大人的身材。

「對了，我記得有毛巾。」

我翻找後背包。毛巾是暗沉的橄欖綠，背面是卡其色。我脫下她的連帽上衣，幫她擦乾。幸好現在不是冬天。毛巾比想像中更吸水，原本溼漉漉的小流，變得乾爽許多。我用毛巾包裹她的全身，將暗扣扣在脖子上。

「喔喔！」

卡其色融入河岸和背景的草木中，看起來只有一顆頭部浮在半空中。

（是光學迷彩。原來還可以這樣用啊！不過有點可怕就是了。）

「怎麼了？」

小流的頭張大眼睛說話了。

「沒事，沒什麼。」

這時候，走過獨木橋的其他三個人也到了。我解釋了剛才發生的事情。

「有人救了她？意思是這裡不是無人島？」

瑪麗莎說道。

「就算是原住民，萬一他去通知同伴就慘了。」

吉姆這麼說。

「說不定，」

開口的人是尼古拉，「是老師們躲了起來，偷偷保護我們？畢竟不能讓學生發生意外嘛。」

大家看了看我。如果是這樣，心情上的確會輕鬆許多。

我回答得模稜兩可，陷入沉思。

雖然我沒有清楚看見跑走的人的背影，但看起來不像任何一位老師。如果是PES僱用別人守護我們，那就另當別論了。

我看了看腕針，剩下不到四小時。

「時間所剩不多了。」

尼古拉說道。

「說得也是。」

吉姆說道，「等流休息一下再走。」

「我不要緊。」

小流抬起頭，「真丟臉，謝謝你們。後背包裡面的東西都沒溼。」

她脫下毛巾，用力擰乾。

「太厲害了！只用毛巾包一下就乾透了，好驚人的速乾性。」

嗯，她看起來沒事了。

「流，妳的螺呢？」

吉姆問道。

「啊！」

小流好像現在才想到，摸了摸耳朵，「還在。」

「太好了。」

吉姆嘆了一口氣，「各位同學，從現在開始把螺摘下來吧。對話應該沒問題，弄丟就麻煩了。」

確實如此。把最新機器弄丟在陌生的土地上，感覺會出問題。

「咦？咕噗呢？」

我把螺收進口袋，一邊問道，同時慌張地環視四周。

「妳放心。」

瑪麗莎背過身去。尖尖的臉從後背包探出頭來，或許是我想太多，但牠似乎很擔心地看著我們。

上坡路忽然變得很陡峭。

越接近山頂，高大的樹木就變得越稀疏，但視野還是不怎麼好。我們一邊確認腕針一邊前進，樹林就像雜誌翻頁一樣忽然消失，露出一片藍天。

「好！進續前進吧！」

尼古拉仰頭看著前方說道。

地面的顏色忽然變成了黑色，好像熔岩。

雙腳不自覺停了下來，這裡並不是沒有樹木生長——

「吉姆。」

我開口道。吉姆點點頭說：「大家先等一下，小心一點。」

這裡被火燒過了。

跟外公一起生活時，我曾經目睹過森林火災，但情況完全不同。這裡沒有留下任何一根草，連樹樁的痕跡也沒有。土壤凹凸不平，彷彿融化後還沒有變硬似的。因為其實森林火災只會燒掉地表，植物的種子和根部都會留下來，這點令人有些意外。

「Ma va?」

尼古拉環視四周，喃喃說道，「意思是龍就在附近？」

「但不確定巢是不是也在這裡。」

瑪麗莎說道，小心翼翼不發出任何聲響地放下後背包，「不過，這裡確實是龍的勢力範圍沒錯。」

大家不發一語，檢查了後背包中摺成很小件的外套。它不是雨衣，而是防火外套。

「河童？流？」

尼古拉露出微笑。

「別提那件事了。」

小流嚴肅地回答。辮子的末端還溼溼的，對火焰的抵抗力或許稍微比較強。

我們穿好長度及膝的半透明防火外套，迂迴地走在被燒毀的斜面上。還剩下一些零星的灌木叢和樹林。對面矗立著懸崖，相當高的凹陷處，可以看到一堆很像草叢的東西。如果是灌木叢，應該會往天空長高。但那堆草叢有樹枝和扯斷的樹，往四面八方凸出去。

是鳥巢——

我們用眼神示意，再次躲到附近的樹蔭下。

「應該只有我們小隊來到這裡吧？」

尼古拉驕傲地小聲說。

「鳥巢裡面會有蛋嗎？」

小流說。

「從這裡看不見，但很有可能。」

我回答。

「要怎麼爬上去？」

這句話是瑪麗莎說的。

「應該有七、八公尺吧？」

吉姆說道，「我的話，應該爬得上去。」

「我也可以。」

瑪麗莎不服輸地說。

小流瞪大了雙眼，交互看著互瞪的兩人。然後轉向我們這麼說。

「來收集樹葉和樹枝吧！」

「為什麼？」

我問了之後才發覺到，「我懂了，要當作墊子！」

這麼做是以防萬一對吧？我們立刻分頭往剩下的草木跑去。

目瞪口呆。

就在幾分鐘後，我張大嘴巴望著天空。

「咕——噗——」

從後背包爬出來，在腳邊跟前跟後地咕噗叫了。

在懸崖下方收集枯枝和草的大家，也聽到叫聲抬頭看。

懸崖頂端，有一對修長的腿。有人站在那裡。

「被搶先了。」

我喃喃說道。

「安莉卡・李文斯頓。」

吉姆茫然地說。

那個整齊穿著綁腿、一身傳統探險家打扮的女孩子，俯視著我們，像是剛發現我們存在似的，雙手叉腰呼喊道。

「嗨——」

她一臉從容的模樣，但從遠處也看得出來她氣喘吁吁。從背面爬上去，想必很辛苦吧？

「嗨，李文斯頓。」

吉姆也向她呼喊，「妳的其他隊友呢？」

「我們分頭行動，其他同學去調查海邊的洞窟了。」

看來安莉卡他們的「威化餅」所抵達的地方，是比我們更西邊的海岸線。

「洞窟？」

「對啊，那個地方好像有龍。」

「安莉卡為什麼來這裡？」

我問道。

「Intuition!」

她簡單回答。

「Intuition 是什麼意思？」

我再問。

「妳啊！」安莉卡又是一副不耐煩的樣子大叫道，「妳不知道嗎？這是探險家最重要的東西！」

「就是直覺。」

小流告訴我，早知道就戴著螺。

直覺啊。直覺我很熟，外公常常對我耳提面命。他說運氣沒辦法訓練，但直覺可以訓練。因此，我雖然不知道直覺的英文是什麼，但我很有自信。

三浦老師也說過，要讓自己的運氣變好。

這種事辦得到嗎？要怎麼做呢？改天再問他好了。之後，總有一天，我一定要向外公炫耀。

就在我想著這些事時，整個人差點跳了起來。

尼古拉突然大叫。

「是龍！」

天空的遠處，可以看見一道黑色的影子。飛翔在天空中，是在山腳下看到的渡渡鳥的模樣。

「先離開懸崖下方！」

吉姆指示大家，我們立刻後退到最靠近的樹林裡。

「安莉卡！」

我一邊後退一邊指著天空，不停用手繞圈圈，叫她快點逃。龍會噴火啊！

我們好不容易衝進樹林，放低姿勢。抱在手裡的咕噗，則是塞進後背包裡。從樹枝間抬頭看，緊張到心臟幾乎要從喉嚨跳出來。安莉卡將繩索垂到巢裡，開始爬下斷崖。

「不妙！」

「Ma va!」

我和尼古拉同時叫出聲。

安莉卡規律地扭動身體，沿著繩索，轉眼間就降落到岩石的平面上。接著她將雙手伸進巨大的巢裡，靜靜地捧起蛋。大小和顏色都很像籃球。

龍的聲音響徹雲霄，緊繃的空氣震動著。

牠明明還在那麼遠的地方！但叫聲簡直就像打雷一樣，粗獷中帶著刺耳的撕裂聲，讓人想掩住耳朵。我用雙手按住隨著四周的枝葉開始一起顫抖的身體，仰頭看著安莉卡。「要我逃走？」她現在根本沒空逃。

安莉卡．李文斯頓靜靜地從岩石上站起來，慢慢把蛋舉在臉的正面。

彷彿打籃球要傳球似的。

「原來是這麼一回事。」

在樹林裡跟我們一起彎著身體的吉姆說道，「蛋是擋箭牌，她那樣子做，龍沒辦法噴火。」

「太厲害了！」

我的後頸可以感受到小流的嘆息。

我發抖得更厲害了，事情沒這麼簡單吧？

安莉卡拿蛋當作「擋箭牌」，難道是為了吸引龍的注意力，好讓我們趁機逃跑，自願當誘餌——？

太帥了吧！帥到令人火大！

「可是，就算龍不噴火，用喙啄一下就完了吧？」

尼古拉趴著小聲說。

「或許她打算拿蛋當護身符。」

我這麼說。

「渡渡鳥的喙是圓的，應該不會很痛？」

小流說道。

「鳥其實不太會用喙攻擊別人。」

瑪麗莎接著說，「因為喙很接近頭部，衝擊力太大了。應該會用爪子。」

「我要去懸崖下面。」

我簡直不敢相信吉姆說的話，「萬一李文斯頓遭到攻擊，蛋可能會掉下來。我要把蛋搶過來。」

「搶過來？」

我目不轉睛地看著吉姆被草埋住一半的臉。

「我們不是在競爭耶？」

尼古拉說道。

「我們就是在競爭啊！」

吉姆注視著懸崖，靜靜地說，「探險家最重要的就是名譽，就是在歷史留名喔。」

這時候，龍已經接近上空並盤旋著，牠在岩石正上方用力揮動翅膀，如同瑪麗莎所說的，伸出了鉤爪。史考特站起來要衝過去。

「快逃啊！安莉卡！」

我大叫。

安莉卡似乎就是在等這一刻，隨即把蛋放回巢裡。她要躲起來？還是打算逃走？

不，她反而從岩石凹陷處的邊邊探出身子。然後將右手揮了一圈，朝渡渡「龍」撒了某個東西。

那個東西纏住「龍」一邊的腳、身體到翅膀根部。牠失去平衡，斜斜地偏離天空。一側的翅膀動彈不得，一邊掙扎一邊飛向山腳的樹林盡頭，勾勒出一道好大的弧線。接著傳來樹木碰撞的巨響，應該是墜落在那裡了吧？

「是Bolas!」

瑪麗莎興奮地說，「她太了不起了！」

「Bolas？」

我茫然地說。不知何時，我已經站了起來，拂去頭上的樹枝。

「繩索兩端綁上石頭之後做成的，據說是誕生於南美和東南亞的武器。」

「妳好博學。」

小流這麼說。

「知道和會做，是兩回事。」

瑪麗莎懊惱地咬著嘴唇，「我知道，卻完全沒有想到。」

「真傷腦筋。」

吉姆原本準備衝出去，現在卻愣在原地。

遠處，「龍」刺耳的嘰嘰叫聲，迴盪了好一陣子。

「欸。」

小流開口說道。我們全都在佩服安莉卡的行動，但小流似乎不一樣。「為什麼非拿蛋不可？」

「呃？」

我回應。

「探險家已經像這樣讓很多生物滅絕了不是嗎？又要重蹈覆轍？」

「我們並不是在狩獵。探險家也會保護牠們，或是為了研究而收集快要絕跡、或者很珍貴的動物。」

吉姆依舊背對著我們回答。

「嘿！」

安莉卡朝我們大喊，「誰借我繩索好嗎？我的繩索已經用在綑綁『龍』蛋上了。」

的確，那顆蛋沒辦法裝進後背包。

我們陸陸續續從樹林走出來，小跑步到懸崖下。吉姆壓低聲音說：「有沒有誰想到什麼方法，可以把蛋從李文斯頓手上搶過來？」

「吉姆！」

我不由得怒吼道。

「幫安莉卡嘛！所有的一級生，大家一起完成任務不是很好嗎？」

尼古拉這麼說道。

「我也這麼認為。」

瑪麗莎附和著。

「所以說，那樣不行啦！」

吉姆拉高聲音，「史考特小隊要留名青史才行。你們沒有身為探險家的驕傲嗎？」

「有啊。」

小流小聲說道，「我有方法。」

8

小流這麼說，然後站在懸崖下，從後背包掏出毛巾。

「大家把毛巾拿出來，用暗扣接起來。」

「喔喔！原來如此！」

我說道。啪嘰啪嘰地用暗扣將所有人的毛巾（我的拿去幫小流擦乾，有點溼就是了）末端接起來，就變成了一條很大的布巾。我們五個人各拿著布巾的邊邊，在鋪好的枝葉叢上攤開。

「不要綳得太緊，免得像蹦床一樣彈出去。」

尼古拉指示道，「說是這麼說，但不夠緊的話，又會撞到地面。」

「你很囉嗦耶！」

瑪麗莎抓著毛巾啪噠啪噠地甩動，「這樣差不多吧？」

大家眼神交會，點點頭。

「安莉卡，把蛋扔下來吧！」

小流大叫道。

「ＯＫ！」

咻的一聲，蛋被扔了下來。掉下來的瞬間，大家的呼吸也停止了。它不偏不倚地落在毛巾正中央，小流很寶貝地用毛巾將蛋包起來。

「太好了！」

我歡呼道，表情又立刻變得嚴肅，「吉姆？」

「這是隊長的判斷。」

吉姆這麼說，「龍蛋由我們第四小隊帶回去。快點回去『威化餅』那裡吧！」

「這樣太卑鄙了！」

尼古拉說道。

「卑鄙？這只是觀點不一樣。探險家遵從自己的想法，不是什麼卑鄙的行為。」

吉姆冷漠地說。

「即使用了這種骯髒的手段？」

瑪麗莎說。

「手段是次要的，首要是達成任務。」

「不會吧？」

尼古拉這麼說。

「我是認真的。」

吉姆回應。

「不是，我不是說你。」

尼古拉指著樹林。

小流抱著圓鼓鼓的毛巾，往遠處奔馳而去。

「不會吧！」

我大叫道。

「快抓住她！」

吉姆大叫。

「吉姆！」

在那之前，尼古拉已經擋住他的去路，「我也認為流說得是對的，把蛋放回去吧！」

「我也贊成。」

瑪麗莎也站在一旁，「為什麼要搶龍的蛋，老師並沒有把理由告訴我們。而我們卻乖乖聽話去做，身為探險家，這樣反而比較丟臉吧？」

「我是小隊長。」

吉姆看起來比平常冷靜，其實憤怒得幾乎要放聲大叫，只是他盡可能克制著。

「吉姆．史考特……」

我豁出去說了，「你並不是羅伯特．史考特，不是南極探險的悲劇英雄。你既沒有打敗仗，也沒有失敗。」

「我知道。」

我想我可能惹他生氣了。沒想到吉姆卻慢慢呼吸，看起來十分冷靜。

「那就好。」

我這麼說，「我不知道什麼才是對的。但是，你就是你，被別人左右想法，我認為這樣不太好。即使那個人是你的祖先也一樣。」

就在這時候，天空變暗了。

不對，實際上並沒有變暗，但確實有這種感覺。

就像傍晚下雷陣雨之前，天上變黑的雲團一樣。像是在天空扭開了一個洞窟，遮蔽了陽光。

那個像是在尋找著什麼，在我們剛才躲藏的樹林的遠方天空，緩緩畫了一個圓圈。

明明飛得很高，振翅的風卻拍打著樹枝和地面的草。

還以為是地鳴，原來是叫聲。那片黑色的雲發出了吼叫。

聲音和大小，都有巨大渡渡鳥的五倍大。

接著。

那個東西。

一口氣飛過我們所在的上空。

噴出了火焰。

·

巨大的黑影覆蓋並通過的時候，我們就像插在地面上的四根大頭針一樣愣在原地。

火焰甚至波及山對面沿海的樹林，冒出了濃煙。

牠明明在山頂另一頭的天空，卻因為太龐大了，讓人無法分辨距離。

「我不會再說 Ma va 了，程度差太多了。那隻渡渡鳥，只是一隻普通的大鳥嗎？」

尼古拉大聲叫道，「這傢伙才是貨真價實的龍！」

「小流！」

我的膝蓋抖個不停。但是，我盡力拉開顫抖的嗓門，「不用再逃了！那不是龍的蛋！」

錯不了，那顆蛋是渡渡鳥的。因為大小差太多了。「這隻龍」根本沒辦法坐進岩石上的鳥巢孵蛋。

「大家戴上帽子！往樹林裡跑！」

瑪麗莎大叫道，下一秒鐘。

強風拍打著我們，黑影再次飛過頭頂。

我們紛紛向地面趴下。

「危險！」

史考特撐起身體，對著懸崖大叫，「李文斯頓，快逃啊！」

龍轉了彎，在懸崖前垂直往上飛，同時噴了火。火焰衝擊懸崖的岩地，像煙火一樣炸開來。即使離得很遠，也能感受到驚人的高溫。真的很燙！這件防火外套真的有用嗎？

那個被自己噴出的火焰照射，飛上高空的模樣——銀色鱗片、綠色翅膀、四肢粗糙，還有兩根突出的角。雖然有翅膀，但完全不像鳥。絕對不會看錯，牠就是龍，是Dragon。

「啊啊！」

我慘叫道。

安莉卡企圖閃躲火焰，卻失去了平衡。她想跳到旁邊的岩牆，但沒有抓好。綁在腰上的繩索變成了救命繩，就這樣從山頂吊著轉了一圈，纏在右腳上的繩索，將她倒掛在空中。

我回頭看向海邊，龍已經飛到很遠的地方。在彷彿跟海連成一線的蔚藍天空，緩緩勾勒出圓形。

「牠會回來嗎？」

我站起來抬頭看著影子，不停跳躍。因為我想不到任何救人的方法。

安莉卡想設法解開纏在腳踝上的繩索，但越是掙扎，身體反而越是左右旋轉或搖

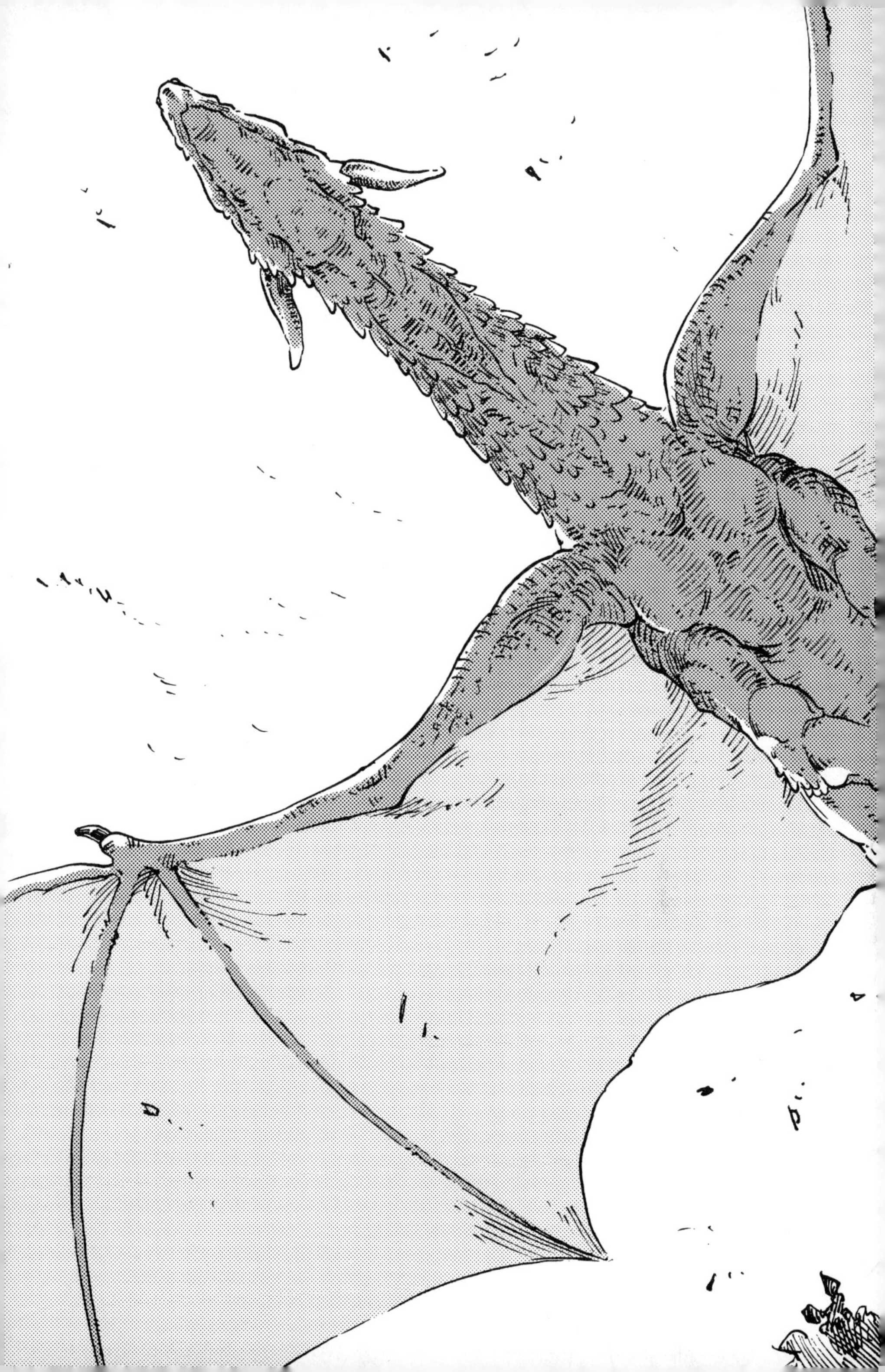

晃。像砝碼一樣倒掛的後背包也勾到岩石，妨礙她的行動。

大家只能乾瞪眼，就在這時候。

「我去！」

吉姆往前衝了出去。他撲到岩石上，用手指攀住，開始往上爬。

「吉姆！」

他用手指勾住、把腳塞進僅有的凹陷和凸起處，用相當快的速度向上爬。我們一邊衝到懸崖下一邊叫：「你是怎麼了？剛才還說要搶蛋耶？」

「除了名譽，還能為了什麼？」

他一邊爬一邊用喊的回答，「要救競爭對手啊！不是嗎？」

唔——吉姆．史考特，多麼頑固又善良啊！到頭來，你還是做了跟祖先同樣的事嘛！做到這種程度，只能說你太帥了。

我回頭看向大海。

彷彿可以看到變成黑色點點的龍，再度劃出很大的弧度，朝我們這邊看。

萬一牠折返，我們就完蛋了……

「不過，那不是牠的蛋。」

尼古拉握緊拳頭，仰頭看著懸崖，沒有針對任何人地發怒道，「既然如此，為什麼要攻擊我們？」

「或許牠一直保護著這座小島，不讓小島被我們這種打著探險家名義的侵略者破壞。」

我懷著祈禱的心情注視著吉姆越爬越高，這時候，我忽然驚覺到一件事。「不對，難道說……瑪麗莎！」

「什麼？」

「牠攻擊的是不是討厭的超音波？」

「呀啊！」

瑪麗莎發出很不像她的叫聲，連續敲打腕針，關掉電源。

「有完沒完啊！」

吁——吁——。就在這時候，我聽到了喘氣聲。「大家久等了。」

「小流！」

我大叫道，「久等了是什麼意思？」

「吉姆！安莉卡！」

小流喊道，「解開繩索，直接掉下來吧！爬上爬下太浪費時間，我們會接住你們！」

接著，她把包起來的蛋拿出來放在旁邊，將用毛巾做成的布巾攤開。

「人類也沒問題嗎？」

瑪麗莎抓住毛巾的一角，同時問道。

「這條毛巾品質非常優秀，是PES的最新技術，堅固得驚人。」

小流像購物頻道一樣滔滔不絕地說，「而且，這次還特別做了樹枝和葉子的鋪墊，雙重安心！」

「那個人……」

我闔不起來的嘴，張得更大了。

那個男人站在懸崖的山頂。

我們只顧著看安莉卡和史考特，太晚才發現到。在河邊雖然沒有清楚看到他的長相，但我認為錯不了。「那個人就是救了小流的人。」

「咦？王子嗎？」

小流說道。

「不是王子。」

我嚴肅地回答，「只能算是大叔。」

眼看史考特的手就要搆到鳥巢所在的岩石時。

男人大吼了什麼，應該是英文吧？

「他說什麼？」

「他說要扔過去了！」

尼古拉大叫道。

男人揮舞著像是刀子的東西，讓下面的我們看見。接著看到他彎下腰。

「毛巾，快準備好！」

瑪麗莎叫道。

我聽見了一個聲音。接著，吊掛著安莉卡的繩索，啪滋一聲斷掉了。

「右邊一點！」

瑪麗莎拉扯毛巾，我們也同時往右踏了一步。

咻啪！不偏不倚掉在正中央。驚人的力道把我們拉走，不過，慶幸的是枝葉做的鋪墊幾乎沒有派上用場。

「謝了。」

安莉卡立刻跳下毛巾大叫，「史考特！」

吉姆正好爬到岩石的平面，仔細瞄準後，背對著毛巾的正中央落下。簡直就像撐竿跳的選手。

「太好了！」

我大叫道。

咕嗚嗚嗚嗚嗚——

嗚唔唔唔唔唔——

皮膚刺痛地顫抖。一回頭就看到龍已經逼近我們了。

安莉卡、吉姆、瑪麗莎、尼古拉、小流、還有我。

我們試圖逃走。然而，每個人似乎都因為那個可怕的聲音縮成一團，腦子變得一片空白。

牠一邊在藍天翱翔，一邊接近我們，響起喀嘰喀嘰聲，短促地噴了兩、三次火焰。

鱗片因火焰的光而發亮。

我根本沒有想過，噴火的動物竟然真的存在。

不過，這個喀嘰聲。是不是在身體裡儲存了瓦斯或液體的燃料，然後用牙齒或什麼器官來點燃？說得更深入一點，就是這座島上應該有轉換成燃料的食物吧？

我再次體認到，渡渡鳥雖然巨大，但終究是鳥，兩者完全不一樣。龍近似蝙蝠的翅膀，猛獸般健壯的四隻腳，接近三角形尖尖的頭部。長長的脖子，不是喙的血盆大口裡，看得見銳利的牙齒。

（不是鳥……）

為什麼呢？我這麼想，非常在意這件事。可是，我沒有時間思考。

「後退！」

吉姆大叫。聽到他的聲音，我們就像石像恢復成人類般回過神來。

「蛋！」

小流立刻用毛巾再次包裹起渡渡鳥的蛋，扛在肩膀上。

「防火雨衣！」

我對安莉卡說，「不對，是防火外套，快穿上！」

「來不及了，把安莉卡圍起來吧！」

吉姆這麼說。就這樣，一鼓作氣衝到樹林。

龍一口氣降落到幾乎要摩擦地面之處。當我浮現「會沒命」這個想法的瞬間，牠又飛走了。

（咦？得救了？）

並非如此。

龍振翅高飛，下一秒又立刻轉身。然後，瞄準我們打算逃進去的樹林噴火。

咕嗚嗚嗚嗚——嗚唔唔唔唔——

我們史考特小隊和安莉卡．李文斯頓，六個人只能僵在原地，束手無策。

（對不起，我不該認為牠是鳥或猛獸。這根本不是重點，牠超聰明的。）

我注視著冒出黑煙的樹林，急速地呼吸。

「對不起！」

我大叫，同時仰頭看著天空，「我們不該搶你的蛋！可是，我們沒有拿！不對，我們拿了，可是那是渡渡鳥的蛋！」

咕嗚嗚嗚嗚——嗚唔唔唔唔——

呻吟聲在空中盤旋。

雖然粗獷度和聲音大小完全不一樣，可是，

我好像在哪裡聽過。

——到底是什麼？

樹木開始熊熊燃燒。

我們一路踉踉蹌蹌，好不容易開始往反方向跑。

我的後背包不斷蠕動。

我根本沒空理會。但是，裡面的東西開始激烈掙扎，背帶幾乎要滑下來。

對了，至少要放咕噗逃走。

我放下後背包趕緊打開，圓滾滾的銀色毛球滾了出來。

「你快逃！」

龍要過來了。

咕噗用圓溜溜的黑眼睛看著我。細長的鼻尖向著天空，尖尖的嘴巴，排列著小小的牙齒。

咕嗚嗚嗚嗚——嗚唔唔唔唔——

龍的聲音再次，甚至三度讓四周空氣為之凝結、緊繃，而且震動。

咕——嗚——？

「咦？」

難道說。

牠是不是在叫咕——噗——？

腳邊的銀色毛球瞬間膨脹，下一秒就裂成兩半。牠往左右伸展開來，一口氣衝上天空。

誤以為是隆起的圓滾滾背部，原來是翅膀。

咕——噗——！

牠叫了一聲，朝黑雲般的龍筆直飛去。
就這樣，咕噗像小鳥一樣一而再、再而三地，彷彿在寫「八」字似的，在龍那驚人的長脖子前面繞來繞去。漸漸地，龍振翅的速度也慢了下來，一口氣朝天空爬升。就這樣和咕噗一起，打打鬧鬧地飛向海的另一頭。

「咕噗，」
瑪麗莎抬起頭，愣愣地說，「原來牠是龍的孩子啊！」
「龍可能是胎生動物吧？」
尼古拉慢慢蹲下說道。
「胎生？」
我問道，「對耶，因為牠不是鳥。」
「沒錯，牠生下的不是蛋，是小寶寶。除了翅膀，牠還有前腳和後腳對吧？雖然長得跟鳥類和爬蟲類很像，一定是有翅膀的野獸。」

「等一下。」

安莉卡叫道，「也就是說，打從一開始就沒有蛋這種東西？」

「不，說不定，我們從一開始就拿到手了。」

吉姆這麼說。

「嗯。」

我點點頭，回想起第一眼看到時，那個銀色的圓滾滾模樣，「龍的蛋，指的一定是咕噗。」

「剩下不到一個半小時。」

吉姆看了腕針說道，「回『威化餅』去吧！」

「我的小隊在西邊的海岸。」

安莉卡甩著手說，「謝謝你們救我，感激不盡。」

「李文斯頓。」

吉姆說，「對不起，其實我本來打算搶走妳的功勞。」

「這是理所當然的啊！」

安莉卡一臉訝異地說，「畢竟是探險家，你沒有殺掉我，已經算很善良了。」

安莉卡．李文斯頓一邊說，一邊迅速地將渡渡鳥的蛋用毛巾包起來，放在後背包上方，用繩索背著。

「那個，」

小流問道。

「我要放回巢裡。」

「我也來幫忙。」

尼古拉這麼說。

「你們回『威化餅』需要多久時間？」

安莉卡一邊朝岩牆走，頭也不回地問道。

「回程是下坡，如果沒有迷路，需要一小時。」

吉姆對著越走越遠的背影說。

「我走這邊比較近。山的另一頭到海邊，只有一條下坡路。」

「可是！」

尼古拉吼叫道。

「難道你在擔心我？」

從安莉卡的背影大聲傳下來並指著岩牆說道，「沒必要！而且這個巢正好在回程的路上。」

她說完話，就沒綁救命繩地迅速開始往上爬，轉眼間就將手攀在岩石平面上，然後站在鳥巢的旁邊。解開背著的繩索，她將蛋輕輕放回巢裡，俯瞰著我們。這應該是第一次看到她露出微笑吧？

「Best of luck！」

接著她就繞到山的背面，毫不費力地沿著剛才她倒掛的那面岩牆，消失在斜上方。

「真令人驚嘆！」

轉眼間就消失得無影無蹤。目送安莉卡離開後，瑪麗莎喃喃說道，「現在是怎樣啊？世界上有像她那麼厲害的十一歲女孩嗎？」

「抱歉，你們先走吧。有件事我非常在意……」

我扭扭捏捏地對正要出發的所有人說道，接著往懸崖背後衝過去，「待會在『威化餅』見！」

「嗄——？」大家叫道。

「放心！在山裡我絕對不會迷路！」

我回頭大喊，又開始奔跑。

燒焦的黑土、草很短的草原，我奔馳在不斷變換的景致中。安莉卡說得沒錯，懸崖後方沒有樹林和灌木叢，跑起來非常輕鬆。

我找到了那個像健行般從容不迫，走在岩石之間長了草、視野開闊坡道上的男人。以藍天為背景，逆光呈現的模樣，看起來莫名細長，彷彿日晷的陰影在走路一樣。

「欸！等一下！」

我大叫道。

這時候，風吹了過來，像是枯掉般褐色斑駁的草，搖來晃去地飄到男人身邊，看起來就像是我的聲音化為實體跑了過去。男人停下腳步看了我。

我斜著身體，快步走或小跑步橫過坡道。快步走和小跑步，哪一種比較快啊？「你是誰？」

因為亮度的關係，男人的臉像月全蝕結束的月亮一樣，清楚地呈現出來。剪到頸部的長髮，黑髮中摻雜著白髮，西方人特有的深邃輪廓，看起來很柔軟的鬍渣，淺藍色的眼睛。

「妳不用趕路嗎？」

男人說道。我沒有戴螺，他說的是日文！

「我想跟你道謝。」

我抬起頭，「謝謝你救了安莉卡。」

「喔，剛才那個懸崖上的孩子。」
「還有小流。」
「喔，河裡那個？」
男人說道，「即使我不去救，她也能獨力游到岸邊的。」
「你是？」
我走到可以看清他表情的地方才停下腳步，「因為，你感覺不像島上的人……」
男人微微歪了頭，嘴角保持微笑，凝視著我的雙眼，「我叫約翰，約翰·索德。」
「我叫可倫，松田可倫。」
說是說了，但我想問的不是這些，「你在這裡做什麼？」
「我在做什麼？」
約翰說道，「沒做什麼，我只是待在這裡。」
「意思是你住在這裡嗎？你是原住民嗎？」
「這個解釋起來很困難。我可以算是住在這裡，但不是原住民。而且。」

約翰．索德搔著額頭，靜靜地說，「用原住民這個說法，是探險家的壞習慣。大家都是普通的居民，只是後來的人擅自這樣稱呼。」

「對不起。」

我這麼說道，並咬緊嘴唇。

「別在意。」

約翰．索德在眼尾擠出許多皺紋笑道，「妳問我在做什麼，硬要說的話，我正在漂流中，我是魯賓遜。」

「什麼？」

我驚訝地說不出話來。因為船隻遇難或其他理由，漂流到這座小島，回不了家嗎？

「除了你，還有其他人嗎？」

約翰聳聳肩。

「你一直一個人？呃——我很想幫你，不過……」

我著急地思考。首先，可以讓外人搭乘「威化餅」嗎？而且，這座島到底是哪裡？

可以帶別人從這裡回去PES嗎……?

「哈哈哈!」

不知道約翰覺得有什麼好笑,曬得黝黑的臉笑到皺成一團。「我不要緊,小孩子擔心自己的事就好!」

我覺得很火大,但無法反駁。之後,恢復成嚴肅表情的約翰·索德,眼神變得非常哀傷。感覺就像是尚未被任何人發現、位於森林深處的水源一樣。

「等我回到PES,會叫人來救你。」

「不。」

約翰·索德用小指頭摳了摳他那感覺很久沒洗、髮絲糾成一團的頭,「其實呢,不要告訴任何人,對我來說比較好。」

他不想回家嗎?我不知道該說什麼,心情變得很難受。每當雲快速飄過太陽的前方,遮蔽住陽光時,男人身影閃爍,看起來就像要消失不見一樣。

「你一直看著我們,隨時準備幫助我們嗎?」

「我只是碰巧經過，是偶然。」

約翰．索德掛著笑容低下頭。就這樣慢慢轉過身，並邁開腳步。

「我覺得不是偶然。」

我這麼說，試圖叫住他，「我很難解釋理由，但是，我的直覺很準。」

男人把手舉到袖子和領口破損的上衣肩膀處，揮了揮手，就這樣逐漸消失在對面的山坡。目送他離去的我，放下心中的大石頭，確認了腕針。

「剩不到一小時了！」

真的假的？我連滾帶爬地走下山坡。我現在還真的沒空擔心別人。

背對著身後越來越遠的三指山奔跑著，我忽然回頭。龍離開了，恢復平靜的鳥巢附近的天空，我看到渡渡鳥的母鳥正慢慢飛回去。

「可是，約翰．索德先生。」

我上氣不接下氣地喃喃說道，「那個人，好像知道一些有關ＰＥＳ的事。」

9

光學迷彩讓半掩的門看起來像是飄浮在草原上，尼古拉站在旁邊用力揮著手。我迅速拿起掛在門上的花圈，滑進「威化餅」裡面時，頓時響起了歡呼聲。

「太好了！」

靜不下心、在裡面不斷走來走去的小流，哭喪著臉這麼說。

「妳是不是去找割斷安莉卡繩索的人？」

尼古拉問道。

「那個人不是老師嗎？」

瑪麗莎說。

「是島民嗎？」

吉姆問。

確實關上兩道門之後，我回答：「我也搞不清楚。」

「妳不是見到對方了嗎？」

小流雙眼發亮地問。

「見是見到了，但還是不清楚，很神祕。」

我在她旁邊坐下，繫上安全帶，「起碼看起來不像王子。」

警報器發出驚人的響聲。「倒數十分鐘。」機器的廣播從天花板傳來。

接下來，每過一分鐘都有警報聲和廣播，最後三十秒則是持續一直響著，真想叫它別再叫了。警報聲一停，「威化餅」就被有如船緩緩下水一樣的軟趴趴感覺籠罩了。

不知道是因為氣壓還是什麼，視野又像前來的時候一樣，變得扭曲。

我又作夢了。

和長大之後的咕噗一起玩的夢。

牠沒有變成龍，維持著毛茸茸的可愛模樣，變得比我還大。

「咕——噗——」

咕噗叫道，我也用咕噗叫聲回應牠。

結果，咕噗就讓眼睛轉來轉去，說龍是那座島的神，為了保護渡渡鳥才跑來的。還有，牠攻擊你們，其實是為了要保護你們。

保護？我問道。

對啊，好讓你們不要選錯路。

雖然牠沒有說清楚這意味著什麼，但我很感動。不過，為什麼我聽得懂咕噗的話呢？啊！一定是螺的功勞。我把螺抵在咕噗尖尖的耳朵。

「咕噗，謝謝你救了我們。我們要再見面喔！」

我這麼說。

我用力抱緊咕噗，幾乎要埋在毛球裡；咕噗好像覺得很癢，看起來像是在笑。

磅——！磅——！磅——！

就在這時候，聲音響起。

血漬在咕噗的銀色毛球擴散開來。

咕噗！咕噗！

我尖叫著。

一回頭，發現約翰．索德站在那裡。

「為什麼？為什麼？」

我哭喊道，約翰．索德一臉賊笑地說。

「我沒告訴妳嗎……？我是盜獵者啊！」

他的嘴裡，排列著龍一般的牙齒。

「……還好嗎？要不要緊？可倫？」

「呀啊！」我大聲尖叫，整個人跳了起來。

輕輕搖晃著我肩膀的小流，嚇得往後倒。

「松田？」

「可倫？」

大家早就醒了，擔心地注視著我。

我淚流滿面。

「我沒事。」

我用大拇指擦拭臉頰，「我作了奇怪的夢。」

真的是一個怪夢，到底是怎麼回事？

我們離開後，萬一咕噗真的遭到獵殺呢？

不可能。那是夢，只是一個夢。

我這樣告訴自己，直到慢慢冷靜下來為止。牙齒不斷發出喀嚓喀嚓的撞擊聲。

「已經回到學校了吧？」

我問了非常擔心而聚集過來的所有人，「為什麼還在這裡？」

「可倫還在睡的時候有廣播。」
小流這麼說，「說要 Wrap up，叫我們原地等待。」
「Wrap up 是什麼？」
我問道，「有人溺水了嗎？」
「妳說的是『噗嚕噗嚕』吧？」
小流透過眼鏡瞪著我，「別再提溺水的事了！」
「就是做總結，類似導師時間啦。」
瑪麗莎說道。
就在這時候，叉叉記號正好消失，門打開了。
「歡迎大家回來。」
走進來的是三浦老師。
「你們做得非常好！」
艾爾哈特老師跟著說。雖然表情很嚴肅，但眼神帶著未曾見過的溫柔。看到老師這樣，我也確實感受到，我們真的遇到了非常危險的情況。

三浦老師說，五個小隊全都平安歸來。從第一小隊開始按照順序做總結，現在輪到我們。

「史考特，請你報告。」

艾爾哈特老師說道，「認真報告成果和現狀，也是探險家非常重要的功課。」

史考特整理了發生過的事情，向老師報告。我非常佩服。如果是我，只會說出嚇到了、很驚人、非常危險這種話。但吉姆，該怎麼說呢？他只敘述了事實。

讓我提心吊膽的是，他說了所有人都反抗他，到最後都沒有遵守他的指示。這一點，吉姆也按照事實告訴老師。

「謝謝你，我瞭解了。跟第二小隊的泰瑞爾和安莉卡說的事實一致。」

三浦老師非常滿意地點點頭。他聽的時候非常冷靜，但說到龍噴火的時候，他的太陽穴一直在抽搐，應該是出乎他的意料之外吧？

「第四小隊，你們做得非常好！」

艾爾哈特老師拉了拉運動服的大腿處後說道，「我無話可說。」
「即使我們沒有帶蛋回來也是嗎？」
尼古拉問道。
「沒錯。」
三浦老師說，「這次真正的任務是——」
「什麼？真正的任務？」
我這麼說，發出了像笛子一樣的怪聲。
「是靈魂。」
三浦老師說道。
「呃？靈魂？」
我說道，又發出了怪聲。
「靜靜聽我說。」
艾爾哈特老師一邊笑一邊說，「小隊長做出難以認同的指示時，能不能說出自己的意見？能不能誠實地遵守自己內心的聲音？測試這個就是本次實習的目的。靈魂，就是探險家精神。所以，大家放棄蛋的時候，史考特才會堅持要拿蛋。」

「原來是這樣。」

吉姆點點頭，「如果大家堅持要拿蛋，我就打算提出相反的選擇。我想看看這種時候，大家會有什麼反應。其他小隊沒有抵達蛋的所在地，但不只這件事，小隊長本來就會在某個時候提出相反的指示。」

「也就是說，吉姆從一開始就知道真正的任務？」

瑪麗莎一臉吃驚地問道。

「不是的，老師只有交代我，要扮演一個跟大家意見相反的小隊長。」

吉姆搖搖頭，「龍的蛋到底是什麼之類的重要事情，我跟大家一樣都不知情。」

「太好了，我差點就要對人失去信任了。」

尼古拉喃喃說道。

「另外還有一件事，對不起。」

吉姆環視了所有人，「我是二級生。」

「什麼？」

我們大叫道。

「每一個小隊都混了一個學長姐在裡面，就是這次當小隊長的學生。」

三浦老師笑咪咪地說。

「老師！」

我迅速舉起手，「我不明白這有什麼意義。」

「你們以為新生有二十五人對吧？其實是二十人。包括我在內的五個人，是大你們一年的二級生。」

吉姆這麼說，「安莉卡小隊的泰瑞爾．李也是。」

「為什麼要這麼做？」

我用嘶啞的聲音說道。這次的實習，該不會是為了欺騙我們才舉辦的吧？

「為了在實習時欺騙你們啊！」

三浦老師說道。

也就是說，為了騙我們，從四月初開始就一直讓五名二級生假扮新生？我真的快要暈倒了。這些人到底在胡說什麼？

「不只是這樣。」

艾爾哈特老師說，「同時也是為了安全起見。對一級生而言，這是第一次實習。」

「沒錯沒錯，畢竟很危險。」

三浦老師哈哈大笑。

「嗯，我再也不會嚇到了。」

尼古拉遙望著遠方說，「我真的不相信別人了。」

「不過，我們被安莉卡．李文斯頓打亂了步調。」

吉姆苦笑道，「我完全沒有料到，竟然會有其他小隊的隊員介入。」

我差點要笑出來。

笑不出來！

就為了這種事，二級生再怎麼能幹，也不過才十二歲。吉姆，不對，史考特學長。竟然讓他像間諜一樣，撒了好幾個月的謊？

怎麼可以叫他做這種事？

我越聽越生氣。牙齒咬成一字形，雙腳不停亂動。PES到底是怎樣？受不了，該怎麼說呢？實在是很誇張。

「啊，可倫。」

總結結束後，吉姆跟老師們先離開時，回頭對我說，

「謝謝妳。那時候，妳說我就是我，我才第一次察覺到，探險家不能受限於先例。就算那個人是自己的祖先也一樣。」

「啊！」

我不由得扭捏了起來。不好意思受別人稱讚，是我的弱點。

「妳竭盡全力反駁我，我非常開心。」

吉姆面露微笑。

「那個，吉姆，不對，史考特學長。」

我這麼說。

「不要忽然叫我學長啦！」

「或許，我有一點察覺到。」

「呃？」

吉姆說。

「一開始，你說是小島對吧？」

我這麼說，「你說其他小隊在這座島的別處，我就覺得奇怪。就算四周是大海，也沒辦法立刻知道那裡是不是一座島。有可能是陸地的邊邊，也可能是半島。所以，我有一點懷疑你，覺得你可能知道些什麼。」

雖然我不怎麼熟悉探險的歷史，但我記得幾件外公像講故事般告訴我的事。

——有幾位探險家很早就抵達了美洲。但是，宣稱那裡是「新大陸」的人，亞美利哥．維斯普奇（Amerigo Vespucci）是第一個。所以美國才會被稱為亞美利加。其他探險家並不瞭解那裡是列島、半島、還是大陸。要認定那麼理所當然的事，其實很困難。

沒錯，外公是這樣告訴我的。

順道一提，明明比亞美利哥更早發現美洲，卻一直堅持那裡是印度的人，就是知名的探險家克里斯多福．哥倫布。因此，他的名字沒有留在新大陸的歷史上。

但是，他在別的地方留下了自己的名字。松田可倫，外公說我的名字是取自哥倫布，到底又是為什麼？

不過，這又是題外話了。

「……」

吉姆茫然地說，「真是敗給妳了。」

「你要注意喔，有時候你會掉以輕心。」

我像是要還以顏色似的，對他笑了笑。

「以後再也見不到他了吧？」

小流看著走出「威化餅」的吉姆背影說道。

「對啊。」

我回應道，「不過，總有一天會再見的。畢竟是同一所學校嘛！回家吧，小流。」

就這樣，第一次的實習結束了。

留下了許多謎題，如同學園長所說，有沒有帶什麼回來，其實我並不清楚。

因此，我實在，很難形容。

自己的這種心情。

唯一能說的就是，我連想不想在這座學園當探險家都不知道，但是那個不斷掙扎、吵鬧尖叫、得意忘形、沮喪的松田可倫——我倒是產生了想要多瞭解一點的念頭。

唯獨這一點是千真萬確的。

10

我在蜿蜒下山的電車上睡翻了。

西斜的黃色光芒，穿過沿著山生長的樹木，閃閃爍爍地隔著窗戶灑落在我們身上。電車滿載著許多金幣，向前行駛。

我用薄薄的眼皮感受著這一切。

事實上，結束後並不能立刻回家，必須在密封艙掃描全身、分析數據，花了大約一小時才處理完這些事。

身旁坐的是累到睡著的小流。每當她的頭輕碰到我的肩膀，我就開始遊走在夢境與現實之間。

我把頭靠在包廂座位的椅背上作著夢，這次作的是不可怕的夢。

出現在夢裡的不是渡渡鳥，不是龍，也不是約翰．索德。

我夢見了。

蒸蝦壽司。

我最後才吃，媽媽則是最先吃。

但是，我們的理由是一樣的。

因為這是我們最喜歡的口味。

我們肯定也是一樣的——

安莉卡、吉姆，不只是班上的同學，包括三浦老師、艾爾哈特老師也是。說不定那個約翰．索德也是。乍看完全不一樣，但每一個人都是因為同一個理由，朝同一個地方奔馳。

而那裡，一定是探險家們深信不移的所在。

雖然不知道在哪裡，甚至不清楚是否存在。

或許是一個新境界。

「我肚子餓了。」

小流說了夢話。

對了，我們沒吃午餐！沒機會吃那個可頌。

如果還有下一次實習，我要帶點心去。大家一起欣賞陌生的風景一邊吃吧！會有如此從容的一天嗎？

「嗯，我決定了。」

我半夢半醒說著夢話，「我要讓大家試吃剛上市的，松田仙貝的新產品……」

因為那個也是頗前衛的新境界。

作者簡介

齊藤倫

詩人。著作《どろぼうのどろぼん》獲得第 48 回日本兒童文學者協會新人獎、第 64 回小學館兒童出版文化獎。主要作品有《せなか町から、ずっと》、《クリスマスがちかづくと》、《ぼくがゆびをぱちんとならして、きみがおとなになるまえの詩集》、《さいごのゆうれい》（以上為福音館書店）、《あしたもオカピ》（偕成社）、《新月の子どもたち》（Bronze 新社），繪本有《とうだい》（圖：小池アミイゴ／福音館書店）、與うきまる的共同著作《はるとあき》（圖：吉田尚令／小學館）、《のせのせ　せーの！》（圖：くのまり／ Bronze 新社）等等。

插畫簡介

桑原太矩

1985 年出生。漫畫家，出身於北海道札幌市。武藏野美術大學造型學部視覺傳達設計學科畢業。2010 年《鷹の台フリークス》獲得 Afternoon 四季賞佳作，2011 年以《ミミクリ》獲得同獎項入選。主要作品有《特課部》（とっかぶ，講談社／全 4 集）。目前在《good ！ Afternoon》（good ！アフタヌーン）連載《空挺 Dragons》（空挺ドラゴンズ）。

Private Explorer School 1

Text by 斉藤 倫 © Rin Saito 2022

Illustrations by 桑原 太矩 © Taku Kuwabara 2022

Originally published by Fukuinkan Shoten Publishers, Inc., Tokyo, Japan, in 2022

under the title of "私立探検家学園 1　はじまりの島で"

The Complex Chinese rights arranged with Fukuinkan Shoten Publishers, Inc., Tokyo

ISBN　978-626-396-859-2（平裝）

Printed in Taiwan.

私立探險家學園 1，開始之島／齊藤倫著；游若琪譯 . -- 初版 . -- 臺北市：時報文化出版企業股份有限公司，2024.11

224 面；14.8×21 公分

ISBN　978-626-396-859-2（平裝）

861.59　　113014705

私立探險家學園 1　開始之島

作者　齊藤倫｜插畫　桑原太矩｜譯者　游若琪｜主編　王衣卉｜行銷主任　王綾翊｜校對　陳怡璇｜裝幀設計　倪旻鋒｜排版　唯翔工作室｜總編輯　梁芳春｜董事長　趙政岷｜出版者　時報文化出版企業股份有限公司　108019 台北市和平西路三段 240 號　發行專線—(02)2306-6842　讀者服務專線—0800-231-705・(02)2304-7103　讀者服務傳真—(02)2304-6858　郵撥—19344724 時報文化出版公司　信箱—10899 台北華江郵局第 99 信箱　時報悅讀網—http://www.readingtimes.com.tw｜電子郵件信箱—yoho@readingtimes.com.tw｜法律顧問　理律法律事務所　陳長文律師、李念祖律師｜印刷 家佑印刷有限公司｜2024 年 12 月 6 日｜定價 新台幣三二〇元｜

時報文化出版公司成立於一九七五年，並於一九九九年股票上櫃公開發行。
於二〇〇八年脫離中時集團非屬旺中，以「尊重智慧與創意的文化事業」為信念。